講談社文庫

その日まで

瀬戸内寂聴

講談社

目次

その日まで

一

今年（二〇一八年）の五月十五日の誕生日で、私は満九十六歳になった。

ものを書く女性の友人たちのほとんどが、もう亡くなってしまった。物書き仲間として最も親しかった河野多恵子《こうのたえこ》も大庭《おおば》みな子《こ》も、私より先にこの世を旅立ち、私はその葬送に立ちあっているし、二人を小説に蘇らせている。

文芸雑誌「群像」に連載したその小説は、『いのち』と題され、予想を超えて人に多く読まれている。

二人が生存していたら、私は早々と二人に電話をかけ、売れていることを告げたであろうと思い、ああ、二人はもうこの世の人ではなかったのだと、胸がつまってしまったのであった。

誕生日には、寂庵《じゃくあん》のスタッフだけで、ささやかなパーティのまねごとをした。九本立てたケーキの上の蠟燭《ろうそく》を、頰をふくらませ、一息で吹き消したら、私の孫より若い女たちが手を叩《たた》いて、

「その息の強さだと、百までは生きそうね」

と、顔を見合せて笑っている。私が最近、自分でも気づかず、

「ああ、もう飽きた！　死にたい！」

と口走るらしいのを、からかっているのである。

「死にたがる人が、こんなに食べて、こんなに吞《の》んで、毎日ゲラゲラ笑っているかしら」

「そうそう、六十六や六十九も若いわたしたちの方が、お先に逝《い》ってしまいそう」

「車椅子は誰が押すのですか？」

「要らぬお世話よ、車椅子を押したがる若いイケメンたちがいっぱいいます。あなたたちよりずっと上手に押してくれるに決ってる」

「あ、そうですか？　じゃ、わたしたちはもう要らないんですね、すぐ二人ともお嫁に行っていいんですね」

「ああ、どうぞ、どうぞ!!　見合の話もないくせに!!」

とたんに一人が私の首を抱え、一人が足首を摑み、ぶんぶん体を振り廻し、ずでんと、その場に叩きつけた。おでこが畳にこすられ、ひりひりするのは、皮がむけたからかもしれない。

頃合を計っていたように、お堂を守っている最年長者のサカエが、熱いコーヒーとケーキを取り分ける皿類を運んできた。小柄であどけない顔立のせいか、七十二にもなるのに、初めて逢った人は誰もせいぜい五十そこそこにしか感じない。男の孫ばかり五人、東京と北海道にいて、腕のいい建築家だった夫は、脳溢血《のういっけつ》で療養中である。仕事の出来なくなっておとなしくなった夫の看病をするよりも、寂庵のお堂のお守りをする方が愉しいといって、その役を降りようとはしない。写経《しゃきょう》の日や、法話の日に参拝しに来る人たちは、六十代から八十すぎまでの人たちが断然多いので、サカエの落着きが頼もしがられている。

台所の仕事も誰からも頼られて、いつの間にか冷蔵庫の中味は、誰よりもサカエが心得ている。韓国料理が得意で、彼女の造るビビンバを私が一番好んでいる。近所に死人が出たり、赤ん坊が生れたりすると、恥をかかない包み金を、手早く封書に包み、お祝いやおくやみに出かけるのも彼女の役目になっていた。

誰よりも私が彼女を頼り、

「サカエ、さあん！」

と黄色い声をあげて探し廻るのであった。

会計士の阿基田治《あきたおさむ》の言い分を、直接私にではなく、サカエの口を通して伝えてくると、事が穏便にすむことに気がついたのは、もう数年も前からであった。

「あのう……」

と、いつもよりおだやかな口調でサカエが寄ってくると、私はその口調から、阿基田の用件だなと察してしまう。

「阿基田先生が、遺言のことをまた言ってらっしゃいましたよ。そろそろって
……」

「わかってる」

「いつもわかってるっておっしゃるばかりで、一向にお書きになりません」

「面倒臭いのよ」

「でも、廻りが困りますから……」

「…………」

「第一、あの絵をどうされるんですか？　すごい税金がかかるそうですね」

「有名な画家の息子がね、お父さんの絵を、お父さんが死んだ直後に燃やしちゃったことがあった。知らない？」

「そう言われれば、そんなことも……たしか日本画の偉い人の絵だったように覚えてます」

「そうなのよ、そんなに税金ってくるのよ」

「家だってどうなさるんですか？　これも三軒もありますよ」

「何という馬鹿だろう、考えもしないで！」

「庵主《あんじゅ》さんですよ、買われたのは！」

「だから怒ってるのよ、この阿呆めって！」

「はじめはどの絵を買われたのですか？」

「熊谷守一《くまがいもりかず》の油絵、私の本の表紙にも使った。ほら裸の女が向うむきで寝てる赤い絵よ」

「ああ、思いだしました。いつか徳島の展覧会にも出しましたね。あれ、そんなにいいんですか？」

「熊谷さんの油絵って少いのよ、モデルは奥さんだそうよ」

「へえ、絵描きって変ってますね。奥さんのすっ裸の絵を描いて、わざわざ人に見せたがるなんて……」

「正月前だったわ、突然、銀座《ぎんざ》の女の画商さんから電話があって、どうしてもそれを買えっていうの、私はまだそんな高い絵なんて買ったことなかったから……」

「高いってどれくらいですか？」

「その時、絵の一号が、ダイヤモンドの一号の値と同じだったからよく覚えてる」

「そんな画商に見こまれるほど、庵主さんはその頃、お金持ちだったんですか？」

「とんでもない。私が真冬の二月、オーバーもなく、進駐軍の軍服のお旧《ふる》をズボンつきのスーツに縫い直したのを着て家出したのを、小説にも書いたから覚えているでしょ？　お金もみんな取りあげられて、着のみ着のままで家出したのよ、二十六になる前の二月、今、九十六だから、丁度、七十年前の時ということ、ああ、目が廻るようよ」

「笑ってらっしゃいますけど、時が経《た》てば、そんな大変なことも笑ってすませられるものなんでしょうか？」

「いい質問ね、人によるんじゃない？　大体、私はどこか抜けていて、とんでもないことを、当然のようにしでかしてしまい、その責任を取ることに必死になって生ききる癖があるのね」

「癖？」

「さあ、何と言えばいいかしら、やっぱり癖でしょうね。癖だから懲《こ》りない！」

「……それは……若い頃の庵主さんは、それほどバカだったということですか？」

思わず私は掌を叩いて笑いだしてしまった。

「今でもバカは直らないけど、たしかに若い時はひどかったわね」

「でもどうしてその画商さんが、まだ若かった庵主さんを見込まれたんですか？」

「私が熊谷さんの蟻《あり》の絵をとてもすばらしいと、エッセイに書いたのを読んだんでしょうね。正月前といったでしょ。たぶんその年の瀬に、その人はお金が必要なことがあって、それが、出来なかったのね、困りきった時、ふっと、私のエッセイを思いだして、一か八か当ってみる気になったんだと思う。これは私の臆測だけれど、まあ、大体そんなとこでしょうね。——この絵はあなた以外の人に持ってもらいたくない。作者も、あなたが持ってくださるのを一番喜ばれることだろう……とか、もう必死だった、それでとうとう、うやむやのうちにその絵が私のところに来てしまったの。

仕方ないから毎日見ていると、ほんとにいい絵で、私の体の血が浄化されるような気になったの、銀行で借金してお金は払ったけど、後悔はしなくなった。その画商さんから熊谷さんの絵をあと四、五枚買わされたかな、でもいい絵ばかりで、私の宝物ですよ」

「ああ、床の間に時々飾る日本画の可愛いお地蔵さんも、熊谷さんですね」

「あら、サカエちゃん、ずいぶん絵の鑑賞眼が上ったじゃない？　その通り、あれも熊谷さんよ、熊谷さんは心がほんとにきれいな人なのね、絵がみんな澄みきってる。文章もいいですよ」

いつの間にか、他の若い二人はどこかに消えていて、部屋にはサカエと私の二人になっていた。甘いものに目のないサカエにケーキをすすめながら、私は自分が覚えている誕生日のあれこれを思いだしていた。

木工職人の父には住みこみの弟子が常に十人ばかり居て、母は彼等の食事の世話だけでも大変で、家族の誕生日など祝うゆとりはなかった。姉も私も、母の忙しさを目《ま》の当りにしているので、誕生日を祝うなど夢の出来事と思い、望みもしなかった。

それでも女学生になった頃、姉は仲のいい友だちと、誕生日を祝いあい、ついでに私の誕生日に、ちょっとしたプレゼントをくれるようになった。

今、ふっと思いつき、家族の誕生日を思い浮べてみたら、みんなすらすらと出てきて驚いた。ついでに命日も思い浮べたら、それも出てきた。両親と姉一人だからだろう。調子に乗って、係わりのあった男たちの誕生日を思い浮べると、それもすんなり出てきた。九十六歳にもなって、何事も片っ端から忘れてゆくようになった私が、いつまでそれらを覚えていられるかと思うと、すっと背中が冷くなってきた。

死ぬ時、誰に傍《かたわ》らに居てほしいか、よく独り寝の夢に落ちる瞬間にちらと思い浮べることだが、ごく最近、九十歳で亡くなった石牟《いしむ》礼《れ》道子《みちこ》さんの傍らには、渡辺京二《わたなべきょうじ》さんという三歳年下の人がずっとついていて、五十年という長い歳月、道子さんを守りつづけ、原稿清書から雑務処理から食事の世話までしつづけたそうな。ただ道子さんが「かわいそう」だったからだと渡辺さんは告白している。愛の最高の型は忘己《もうこ》利他《りた》である。渡辺さんの返礼を期待しない一方的な奉仕こそ、忘己利他の典型であろう。

しかし道子さんが天国に旅立つ時、その傍らに渡辺さんの姿はなかったそうだ。それを知った私は、渡辺さんの為に思わず涙をこぼさずにはいられなかった。この世の愛はむくわれないのが当前なのであろうか。道子さんは最期に空中に手をおよがせ、渡辺さんの手を探したのではないだろうか。

人口のあるだけ、その人たちの「その日」は様々な形で訪れるのであろう。

私は既に近い将来に迫った自分の「その日」を、どのような形で迎えるのであろうか。誰がその時、私の手を握り、「逝け」と、あるいは「逝くな」と、つぶやいてくれるのであろうか。

二

今年もすでに半年が、またたく間に過ぎ去ってしまった。天変地異は例によって多くなり、特に雨が連日降りしきる。そのため、外へ出ることもほとんどない。

それでも写経や、法話の日には、寂庵の門の開く前から、何十人もが門の外に立ち並んでいるのを見ると、嬉しいとか有難いと思うより、恐しいような気持に襲われる。

自分が法話を始めて間もない頃、有名なさる大寺の、老齢の名住職の法話が早朝からあると聞いて、拝聴しにいったことを思いだす。

真夏の午前六時前から、その寺の門前には、様々な年齢の男女が列をなし、開門されるのをおとなしく待っている。

私のような法衣の人はほとんど居ない。若い人もちらほら見えるが、大方は、六十歳以上と見える男女である。腰の曲った人が杖《つえ》にすがって、やっと立っている姿も見える。誰も喋《しゃべ》らず、おとなしく門の開くのを待っている。老齢の住職に余程人気があるせいであろう。

ようやく門が開けられ、人々の列が動き、庭の隅に造られた舞台の前の地べたに、聴衆は、それぞれ持参の敷物を敷いて、口もきかず坐った。

待つほどもなく、住職が左右から若い僧にかかえられ、歩くというより、大切な荷物のように運ばれてきた。聴衆は感激して、拍手が鳴り止まない。柔和《にゅうわ》な住職が温顔にやさしい微笑をたたえて、話しだした。聞きもらすまいと聴衆は固くした身を乗りだす。

しゃがれた住職の声がぶつぶつ聞える。

「暑いなあ！　みな、よう来たなあ。今年も、この暑さの中で、こうしてみなに逢えて、有難いことじゃ。それでは体によう気をつけて、またおいで！　仏さまのお守りが、みなの上にそそがれますように……では、さいなら！」

ひかえていた二人の若い僧が、両傍から老僧の脇をかかえあげるようにして、舞台をゆっくり下りていく。

聴衆は文句も言わず、両掌《りようて》を合せて有難そうにそれをうやうやしく見送る。

私は自分が法話をするようになって、いつも聴衆の前に出て行く度《たび》、昔々になったあの老僧の姿を思い出すのであった。私の法話は一時間で、あと三十分は、質疑応答にあてている。その時を待ちかねて聴衆はこぞって勢《いきおい》よく手をあげる。その一時間半が、最近は身に応えるようになった。腰かけて話してくれと言ってくれるが、百六十人ほどがすき間もなく坐っている前では、自分は立っていないと、力強い声は出ない。いつまでつづけられるかと、その度思いながら、寝こむ病気以外で、法話を休んだことはない。

「いつまでつづけられるのですか？」

スタッフたちが、よく言うようになった。

「死ぬまで！」

と私は答えた。あきれた顔の若いスタッフに、

「関係なくお嫁に行っていいよ！」

と言う。ほんとは、若い二人が居なくなったら困るなあと思っているけれど、そこは見栄もあって恰好いいことを言う。

それにしても、腰も脚も曲ってしまい、背はのびず、この姿勢がいつまでつづけられるかと、全く自信がなくなっている。

関西は今年の夏は、四十度前後の猛暑の日がつづき、息もし辛いほどである。連日ニュースでは熱中症の患者の数が報じられている。

今から五十年ほど昔の夏、親しい仲間三人で、シルクロードの旅に参加したことがある。

一人は旅の雑誌の編集者で、変った所へ行くのが唯一の趣味の旅行好きであった。私のつれの女性は、新宿のゴールデン街の〝プーさん〟という呑みやのママで、私と仲よくなって以来、どこへでもついてくる。年齢は私より十歳近く若いので、ぴちぴちしている。

さて、愈々《いよいよ》シルクロードに入ったら、その暑さは未経験のもので、焼けつくようなという形容がそのままで、日本でもヨーロッパでも味わったことがなかった。連日、三十八度か九度の暑さで、自分の吐く息が燃えている。

お喋りの私とプーさんもすっかり無口になってしまった。京都から参加したという六十すぎの御夫婦は耐熱用というマントをお揃いで着ている。それが動く度、シャリ、シャリ、シャリという賑《にぎ》やかな音をたてるので、同行の吾々《われわれ》はうるさくてたまらない。

「こんなことなら、あと三組くらい、買うてきたらよかったなあ！」

とうなずきあっているのも癪《しやく》に障《さわ》る。暑さで気が短くなるのがよくわかった。プーさんは水泳が得意なので、ある休み時間に、汚い池の中へ飛びこんで泳いだら硝子《がらす》のかけらで脚を切ってしまった。医者もいないし消毒液もないので、私の持参していたブランデーをざぶざぶかけて消毒する。それがきいたのか、熱も出さず、傷はおさまってしまった。

連日四十度前後のあの暑さを語りあいたいプーさんも、すでに数年前、あの世へ旅立っている。

一緒に行った編集者は、テレビに移り、旅の番組の制作で、ほとんど日本にいない。

暑さの余り、寝つけない毎夜を、やけ酒を独り呑みながら、何とか過していたら、ある晩、近くの桂《かつら》川の水があふれて大騒ぎになった。テレビで避難指示が出て、全国からテレビで被災を知ったという人々が、見舞いの電話やメールをくれ、その返事に声もかれてしまう始末だった。地図で見ると私の寂庵と、氾濫《はんらん》した川とは、くっついているように見えるのだという。私の泳げないことを知っている人々は、本気で心配してくれたようだ。たまたまブランデーの酔がまわってきて、避難所へ行くこともできなく、ままよと、眠ってしまったので、翌朝やってきた若いアシスタントたちに叩き起されるまで何も知らなかった。私の孫より若いモナとアカリは、冷蔵庫をあけて、私が昨夜、何と何を食べたり飲んだりしたかをしらべあげている。

子供の時から、こんな目に遭ったことはない。戦争中も、私は夫について北《ペ》京《キン》で暮したので、空襲の恐しさを全く経験していない。

まさか九十六歳にもなって、一向に死なないため、こんな目に遭うのかと、呆然としている。

つい二、三日前、全く何もしないのに、ぽろりと上の歯が一つ抜けた。びっくりして取りだすと、ずっと以前、歯医者で入れてくれた入歯だった。上手な歯医者さんで、上下の歯をすっかり治してもらったら、テレビ映りがよくなって、整形したのかと言われてびっくりしたものだ。ところが、その歯を治してもらって、もう五年もすぎている。口許が若くなったと言われていい気になっている間に、私は九十六になっていたのだ。

一日も早く歯医者に行かないとみっともないのに、この暑さで外に出る気にならず、捨てておいたら、テレビの仕事が入った。私は聞いてないとむくれ、

「この忘れんぼ、どうしてくれよう！」

と、モナはヒステリックに叫ぶので、汗が益々《ますます》出る。結局いつものように、モナに言いまかされ、私が忘れていたことになって、テレビに出た。翌年公開

する白秋《はくしゅう》の映画「この道」を見て感想をのべる仕事である。モナも出演するというので、モナは私の小説『ここ過ぎて—白秋と三人の妻—』を昨夜、徹夜で読んだとか。

迎えの車で旧い民家に運ばれ、汗の風呂につかっているような現場で、二時間ほど、仕事をした。

汗でズクズクなのに、さも涼しそうな顔でにっこりしたとたん、あっ、前歯が抜けてる！　とあわてたが後の祭り、カメラは廻りつづけている。

係りの人々は、歯の抜けたことなど全く気づかなかったと言うが、私がヒステリーになるのを恐れての配慮だと察してしまう。

モナは、白秋なんか、中学生の頃から読んでいたような口調でペラペラ喋っている。わずかの間にすっかりテレビ馴れして大胆になっている。

車で送られて寂庵へたどりついたら、疲れがどっと出て、口もきけなくなった。

「ああ、もういやだ！　モナもアカリもさっさと嫁に行け！」

となってしまう。

いくら私がどなっても二人ともけろりとしている。どうせすぐ、怒ったことを忘れて、

「水瓜《すいか》食べよう！」

など言いだすのを承知しているのだ。

帰って、ベッドに寝ころがっていると、だんだん疲れも落着いてきた。

そういえば、私はまだしたいことがあったなと思いだす。

今日の映画を見たら、映画を作りたいと強く思った。白秋の三人の妻を小説に書いた私が、台本も書き、監督になって死ぬ前の仕事として映画をひとつくらい作りたいなと思う。すると、筋書もたちまち出来てきて、三人の妻を誰にやって貰おうかなど、ワクワクしてきた。

これだから私はなかなか死ねないのだナ、と自分でつくづく思った。

あと半年で、私は数え九十八歳になる。

この調子だと百歳まで生きのびるのではあるまいか、ああ、いやなこと!!

ひとりでぶつぶつ言っていたら、世界的彫刻家の流政之《ながれまさゆき》さんの訃報《ふほう》が舞いこんできた。流さんは私より一つ若い。今年は九十五歳だった。七十年もつづいている男女の仲ではない大切な親友であった。ああ!!

三

流政之さんの訃報は一枚の葉書だった。

「父　流政之儀　七月七日、永眠致しました。

この半年ほど体調を崩し、制作への想いは尽きねども、静かに、そしてとても自然で、穏やかに、老衰にて九十五年の人生を終えました。

アーティストとして生きるということを、その全てを以って教えてくれ、厳しくも、美しく尊い世界を見せてくれた父でありました。云云《うんぬん》」

差出人の名は、流麻二果《まにか》となっている。流さんの一粒種のお嬢さんだ、といっても、もう、四十二、三になっている筈である。

流さんは麻二果ちゃんが三、四歳くらいの時、そのお母さんと三人で、この寂庵へ訪ねてくれたことがあった。私はすでに出家していて、建ったばかりの寂庵で尼僧の姿で三人を迎えた。麻二果ちゃんのママは宝塚の男役のスターだったとかで、見るからに美しいすっきりした女人《にょにん》であった。その人が歌って手拍子をとると、幼女は、寂庵の広い廊下で、軽やかに踊りだして、私に御愛想をしてくれた。西洋人形のような麻二果ちゃんを見ている私の顔を、流さんが大きな目を据えて盗み見していた。

「自分の想いをまだ言葉にもできない小さな子を捨ててくるなんて、あんたは、鬼だ！　すぐ帰ってやれよ！　どうしてこんなところでうろうろしてる？」

京都の流さんと、その親友とで作っている会社に、ようやく身をよせた時、毎日のように昼食時に呼び出され、近くの喫茶店で、ねちねちと文句をいわれつづけたものだった。

「小説家なんかになれるもんか！　ほんとの芸術家は、才能なんてものより、心根の優しさだよ。君なんか子を捨てられるような冷い親で、芸術家なんかになれるものか！」

「たしかに私は悪い母親だけれど、それをあんたに責められる筋合はない！捨てておいてくれ！」

私は肚《はら》の中では、いつもそうむくれながら、呼びつけられると黙ってその場にゆき、流さんの言葉の折檻《せっかん》に耐えていた。

その会社は二つの組織でなりたっていた。

流さんの親友の父親の力で、紙が手に入るので、その流さんの親友が社長になって、出版社を作った。それでも余る紙を使って、流さんが、少女の絵を描いた便箋や封筒を造った。出版の方は、文学青年の社長の趣味が強すぎて、さっぱり売れなかったが、流さんの紙製品の方は、予期した以上に当って、注文に生産が追いつかないほどだった。それでも二年足らずで、出版の損失が大きく、会社はつぶれてしまった。私たちはそこでちりぢりになり、一応別れてしまった。

人の世話で、私はしばらく京都大学附属病院の研究室に勤めるようになり、研究室で実験するドクターや、その卵たちの勉強の手伝いをする仕事を得た。要するに研究室の掃除婦で、先生方の使った試験管やシャーレを洗ったり、ラットやマウスの世話をするだけである。そのうち図書室に移してくれ、誰も勉強に来ない図書室で、本を読んだり、小説の真似事を書いていればよかった。そこから送った少女小説が二つ売れたのに味をしめ、さっさと東京へ出て、本格的に小説を書くつもりになった。

上京して女子大時代から勝手知った西荻窪《にしおぎくぼ》に下宿をみつけた。その翌日、すぐ近くに質屋を見つけたので、当座のお金を作るため、その質屋へ早速出かけたら、出逢いがしらに中から出てきた人と、鉢合せをしそうになった。

二人が同時に「ああ!」と声をあげた。お金を作って出てきたその男は、流さんではないか!

流さんの下宿もこの近所だという。

私たちはその予期せぬめぐりあいに運命的なものを感じ、それから、毎日のように逢うようになった。といっても流さんが、ふらりとやってきて、私の六畳の部屋の外についた広縁に、古道具屋でみつけてきたおんぼろの籐《とう》椅子を置き、机は八百屋《やおや》でもらってきた空箱に紙を張ったもので間にあわせ、お金がないのでお茶も出さず、水ばかり呑んで、何時間でも話しあった。

そういえば、流さんという名は、上京してからのことで、京都時代は、たしか別の名を名乗っていた。

流さんは町を歩けば、いつの間にか若い娘さんが列をなして尾《つ》いてくるようなイケメンであった。下宿の美人の未亡人とも深い仲だということは、会社のすべての者が承知していた。

その未亡人に恋敵《がたき》があらわれた時、流さんがやけになって、四条河原町《しじょうかわらまち》の十字路で大の字になり寝て、電車を止めたという武勇伝も有名だった。

「ね、二百円ない？」

突然、流さんがいう。

「ある筈ないでしょう、そんな大金」

「そう、残念だな、それだけあれば、俺が、絶対、編集者が仕事を依頼する椅子を作ってあげるんだけどなあ、その椅子に坐ったら、次第に瀬戸内さんの椅子が後ろに傾いて、両脚が天井をむいて、それを編集者が真正面から、いやでも眺めるという仕かけなのに。惜しいねえ、その魔性の椅子に坐るといくらでも仕事がくるのに……」

この人は大物にはなりそうもないな、と、私はしみじみ悲しくなって、見れば見るほど美男の彼の顔を見つめていた。

その頃、流さんがひそかに作っていたのはヤキシメの陶器で人の顔を作る「火面《かめん》」というものだった。その「火面」が出発点になって、流政之の造形の目が開いたのではないだろうか。

後年、専《もっぱ》ら石を使って造形をはじめたが、最後にゆきついたのが石だったような気がする。

いつの間にか四国に渡り、瀬戸内海に面した地に、しゃれたアトリエを建て、そこで専ら制作したのは石の造形であった。私は二、三度、訪れたが、婦人雑誌の口絵写真に、売れっ子の若い女優や、色っぽいモデルを立たせて見れば、さぞ映えるだろうなと想われるようなたたずまいだった。建物をとりまく庭のすべてがアトリエになって、そこに流さんの造った石の作品がおしあいへしあいしていた。

一目で気にいったから、そこをアトリエにしたという。その頃は作品の他に造園も手がけていて、アメリカやパリの郊外にも彼の名を冠した庭園が生れていた。

しかしそこには、石工が二、三人侍るだけで、家族の姿はなかった。結婚した筈の麻二果《まにか》ちゃんの美しい母の姿もなかった。どうして？　と訊く私に、

「あんただってそうでしょう。ものを作る人間は、所詮《しょせん》独りでいなきゃ作れないのよ」

と言った。

それでも私は彼の展覧会には出来る限り出かけるように心がけていた。そのおかげで、彼がかつて、五年した後、家出して、刀鍛治《かじ》の家に転がりこみ、何年かそこで刀造りをしたという家まで、つれていってもらった。師匠になって

くれた名人の刀鍛冶はすでに他界していたが、彼が暮したという家は、そのままにあり、弟子がついでいた。

「器用すぎるんじゃない？」

つい、云《い》ってしまった私の言葉に、ぎろっと大きな目で睨《にら》んだが、それ以上は何も言わなかった。

三十代の麻二果さんの個展に誘われて大阪へ行ったことがある。両親のどちらにも似ていない麻二果さんは、画家になっていた。寂庵でダンスを見せてくれたことを言っても全然覚えていないとはにかんだ。大柄な体つきが父親似だけれど、顔つきは両親のどちらに似ているとも言えなかった。

その半年前に、石牟礼道子さんの死が報じられていた。弱っているとは聞いていたけれど、あの人は神さまみたいな人になってしまったので、ちょっとやそっとでは死なないだろうと、私はのんきに構えていた虚をつかれて、ひとりあわてふためいた。道子さんの死は半年経っても惜しむ声は絶えず、流さんの死より華やかに語りつがれていた。

どうしようもないので、ただただ、毎日日中も夜なかも、彼女の全集を手当り次第読みふけっていた。人の書いた彼女の伝記も読んだ。その中に彼女の生れた天草《あまくさ》の石工の話がちらと目についた。その一族は流さんの京都時代と同じ名を名乗っていた。

もしや……私は自《おのず》と胸をはじかれたような思いがした。

流政之の母君が、もし、天草の人であったなら……歴代の石工の血が、流政之に流れていても不思議ではないのでは……。今にして思えば二人の超ロマンチックな性情は只《ただ》ならず似ていた。近くあの世で二人に追いつけば、三人で天草の話を気のすむまでしてみよう。

死におくれ死におくれして彼岸花　道子作

四

地球が病んでいるとしか思えない天候不順の今年の夏の終りであった。狂ったような暑さが、次々押し寄せる台風や地震にかき乱され、天変地異のニュースの度、死人の数が五十人、百人と報じられる。人間の神経まで狂ってか、そんな数字にも馴れてしまうと、胸の騒ぐ内臓の震え方さえ忘れてしまい、内臓もない張りぼての人形に、自分がされてしまったように想えてくる。

三十三度や三十五度という連日の暑さにも、狂いもしない自分の神経の図太さが恐ろしくなってしまう。

「死にたい、死んだ方がまし」

と童謡でも歌うように、ひとりでつぶやきながら、歯は仇《かたき》のようにいつでも何かを噛んでいる。

天台寺《てんだいじ》の自分の墓石に、文字を彫らなければと気づく。

天台寺の西向きの斜面に二百の墓を、すでに造ってある。天下一廉価なので殆《ほと》んど売れてしまっている。本を開いたような、同じ型の自然石の墓石の表には、自分の好きな言葉や絵を彫り込むようにしてある。一日じゅう明るい陽のさす墓地なので、いつ詣《まい》っても、どの墓石も掌にほんのりとあたたかい。

御山《おんやま》のひとりに深き花の闇

という、自分の句を彫るつもりだ。このあたりの人は、天台寺のある山を敬って「御山《おんやま》」と床しく呼び習わしてきた。

私は仏縁に導かれて、ここの御本尊の観音さまを祭るため、住職となって、二十余年、毎月京都から通った。昼間は私の法話を聴きに日本全国はおろか、アメリカやヨーロッパからの参詣者が集ってくれる。当日は観光バスが揃って参詣者を運ぶので、千五百人も参詣者が集ったこともあった。御本尊は聖観音さまで、鉈彫《なたぼり》の技法の優雅なお姿である。

法話をしたり、参詣者の身の上相談を聴いたり、売店で売れる私の本にサインしたり、家族の土産にしたいという人々と一緒にカメラに写されたりして、私はやすむ閑《ひま》もない。

夕方、参詣者や手伝いの檀家の人々が下山した寺の庫裡《くり》に私はひとり泊る。いろり端でひっそりと原稿を書いていると、真夜中にどしん、どしんと、閉めた雨戸を叩くものがある。人間ではなく、山の狐や狸である。戸に躰《からだ》を打ちつけているが、こちらが身をすくめていると、何もしないでおとなしく去っていく。その気配を見すまして、私は原稿のつづきを書く。

そんなある夜、思わず口をついて出た私の句である。翌朝下界から上ってきた黒田《くろだ》杏子《ももこ》さんに句を見せたら、句になっているとほめてくれた。京都の寂庵で杏子さん主宰のあんず句会を開いてから二年が過ぎていた。全国から句会に集る人たちが増えたが、私は仕事が忙しくなって寂庵の句会から落ちてしまっていた。

あれから十何年も過ぎ、久々に句会に戻ったら、昔、私と一緒に句の手ほどきを受けた人々が、すっかり上手になっていて、愕《おどろ》いてしまった。習いごとは、才能より何より、飽《あ》きずにつづけることだと教えられた。

「もうやめません、さぼりません、死ぬまでやります、お導き下さい」

私は寂庵の観音様にひそかに祈り、

「生きているうちに句集を出すようお導き下さい」

と欲ばって掌を合わせていた。

九十五歳の年、初句集『ひとり』が出せて、それが思いがけず、「第六回星野《ほしの》立子《たつこ》賞」を受賞した。星野立子さんは、東京女子大の同窓の先輩で、私は和服姿のすっきりした美しい立子さんにたった一度お逢いしたことがあった。

この受賞の発表の二ヵ月ほど前に、これはまた思いもかけず、朝日賞が突如、舞いこんでいた。

思いもかけないことがつづき、私は自分の長生きの不思議な豊さに酔ったような気分である。

爾来《じらい》、満足のいく辞世の句を残そうと、人知れずがんばっている。

ふと、気がつくと、朝から他国に来たように涼しい空気が流れていた。無惨な台風に荒れ果てたある朝、他所の大きな樹の折れ枝が、寂庵の庭にいくつも飛びこんできて、足のふみ場もなくなったことなど夢のような、おだやかな日がめぐっている。もう歩けなくなったかと、すっかり曲っていた腰も足も、どうやら伸び、今年の敬老の日を迎えていた。

二年前の敬老の日は、病院で脚の血がよく流れるようにと、手術をしていたと思いだす。

今年は、秋の末に出る本の宣伝用にと、出版社の招待で、「EXILE」のライブのコンサートに大阪まで行くことになった。「この道」という北原《きたはら》白秋の映画にEXILEのAKIRAさんが出演していて、そのPRの座談会に夏の超暑い日につきあった。映画は白秋の晩年の童謡歌人として大成功した頃のことで、白秋夫人の三人の妻の最後の菊子《きくこ》が主で最初の俊子《としこ》さんのことが少し出ている。白秋が国民詩人と呼ばれ、名声と実績が、最高の頃の話であった。白秋の童謡の音楽を作っていた山田《やまだ》耕筰《こうさく》の役をEXILEのAKIRAさんがつとめていた。その日はモナも、私と一緒にテレビに出ることになっていた。はじめて近々と逢ったＡＫＩＲＡさんは、背も高くスタイルもよく、すっきりしたハンサムだったので、モナもすっかり喜んでいた。モナの説明によると、すでに寂庵へも寄ってくれた黒めがねのＡＴＳＵＳＨＩさんは歌うスターで、ＡＫＩＲＡさんはダンスのスターだという。

出版社が車で迎えにきてくれ、お弁当も用意してくれ、見物席は正面の最高の天井近い場所だった。ＡＴＳＵＳＨＩさんは一年余り、アメリカに行き休業して帰り間もなかった。

客はびっしり入っていて、モナの言によると、四万八千人の客がつめているという。以前はやはり、こういう天井近い場所だったが、まわりに地方のファンの団体がつめていて、僧衣の私にびっくりして、旗をくれたり、飴をくれたりしたものだった。今度は周囲に誰も居なくて気が楽だった。

待つ程もなく幕が開き、湧きたつような音楽があふれ、歌声がはじけ、踊り手が波のように動きだすと、五万人近い観客が興奮して、台風でも躍りこみそうな緊張感が充《み》ちてきた。めがねのＡＴＳＵＳＨＩさんは遠い舞台ながら、休む前よりはるかにいきいきして、歌声も明るくなっていた。休む前は、逢ってもいかにも疲れきっているふうで、私はモナに、

「ＡＴＳＵＳＨＩさんはうつよ、休まなきゃあ」

と言っていたのだった。この夜の舞台のＡＴＳＵＳＨＩさんは前より数歳若がえったように、歌声も体の動きも若々しく別人のようだった。

「すごいね、休むってたいしたものね、あたしも、もっと休まなきゃあね」

私の独り言を聞きとったモナは、

「これ以上、どう休むんですか、昼間から眠ってばかり、食べて、呑んで……休みだらけ」

と、口汚くののしる。

以前はＡＴＳＵＳＨＩさんの大ファンになっていたのに、今夜のモナはＡＫＩＲＡさんにすっかり熱をあげている。

ＡＴＳＵＳＨＩさんが日本を留守にしていた一年間は、モナにとっては生涯

に二度とないような大飛躍の年だった。私の日常を見たまま書いた本が大当りで、最近、本の売れない出版界で十八万部も一気に売れ、テレビにも引っぱりだこになっている。講演もあちこちから依頼がきて、それも見事にこなしている。

寂庵へ来た時二十三歳で大学の卒業式の帰りの、袴《はかま》姿だったのが、夢のように思いだされる。文学的な読書など一切していなくて、私が小説家だということさえ知らなかった。「細雪《ささめゆき》」を「細い雪」と読んでいたモナが、こんなに自分の本で売れっ子になるとは、誰が夢見たことだろうか。

出版記念会を出版社が帝国ホテルでしてくれると、私の係りのすべての出版社の編集者も集ってくれ、結婚式のように華やかな会になった。

「この倍売れたら、センセイをあたしが養ってあげますからね」

と、本気の口調でつぶやいている。

占いに凝って、占い師が、結婚は三十か、三十一だと言ったと浮き浮きしている。

「それじゃ、早く料理も習わなければ」

といっても、料理学校やお茶の稽古はつづかない。

「子供は五人は欲しいから」

といっている。

私は脚が益々不自由になって、車椅子でないと、長い廊下や、広い大広間は自分の脚では歩けない。

それでも朝日賞の時は、がんばって、胸に力をいれて、自分の脚で、広い広間をそろそろと歩き、ずしりと重い像まで両腕に貰って、倒れもせず、自分の席まで戻ることができた。

相変らず、お酒は呑んでいるし、肉も食べ、おやつも減らしていない。そのうち、どさっと倒れるかもしれないが、それはその時のこと……と、度胸が据わっている。

長い舞台が終って、二人のスターが揃って私たちの所に挨拶《あいさつ》に来てくれた。

モナは、二人のスターがあらわれると、借りてきた猫のようにおとなしくなった。

「ＡＴＳＵＳＨＩさん、一年休まれてよかったですね、すっかりお元気になられて」

と挨拶すると、ＡＴＳＵＳＨＩさんは、陰のない美しい笑顔になって照れていた。

帰りもさきの車で寂庵まで送ってくれたが、庵にたどりついたら、丁度、真夜中の十二時になっていた。

明日は特別法話があるというが、はて、起きられるかどうか。

寝床に入ると全身がピリピリ痛い。

九十六歳とは、つくづく生きすぎたと思う。

五

九十六歳で、月刊誌に短い乍《なが》らも随筆の連載をしたり、時々、短編小説なども書かせてもらっている作家は、現在、日本の文壇では、私以外にはいなくなった。

九十歳を過ぎた頃の、晩年の里見弴《さとみとん》氏と、思いがけない深いおつきあいをするようになった時、弴先生は笑い乍らおっしゃった。

「俺はもう九十過ぎてんだよ、「白樺」の連中はみんな死んでしまった。万一、生きてても、九十過ぎて、もの書きなんてしてる奴は、一人もいないだろう。奴等はみんな金に困っていなかったしね。俺はこんな勝手な暮しをしたいから、生きてる間くらい、自分の金を気儘《きまま》に費《つか》いたいからね、仕事は頼まれればまだ断らない。でもね、編集者に云うんだよ。俺はもう九十過ぎてんだよ、原稿料はそれに見合うだけ高くしてくれやってね」

あとは、「はっはっは」と、明るい声と、全く老醜の見えない美しい笑顔を見せていた。諄先生は御本宅を離れ、鎌倉《かまくら》で最期の愛人のお良《りょう》さんとお二人で、気儘な暮し方をされていた。

赤坂の名妓《めいぎ》で鳴らしたお良さんが、先生より早く亡くなった後も、鎌倉の家にそのまま棲まわれ、先生の身の廻りのお世話は、十二、三歳から、鎌倉の家に来て仕え、お良さんから徹底的にしこまれた、孫よりも若いお手伝いと二人で、ずっと気儘な暮しをつづけていられた。

私の記憶では諄先生は九十四歳で亡くなるまで、現役作家という感じであった。お手伝いのR子さんは、正月など、びっくりするような豪華な晴着を新調して貰い、京都の常宿へ、先生のお供をしていた。小学校を卒業してすぐ、鎌倉へ御奉公した筈なのに、頭のいいR子さんは、諄先生が一口言えば、どんな難しい漢文の書でも、辞書でも即座に二階の書斎から取り寄せてくる。

「ほんとに頭のいい人ですね」

と私が心から感嘆してつぶやくと、淳先生は照れ笑いのお顔になり、

「全く言われる通りだよ。でも小学校を出てすぐうちへ来たから、可哀そうだ……」

その後、何かまだ言いたそうな言葉を、淳先生は呑み下されてしまった。

私をはじめて淳先生の鎌倉の家へつれて行ってくれた小田仁二郎《おだじんじろう》から聞いた話だが、淳先生と二人で酒を呑んでいた時、珍しく酔った先生が、ふと、

「R子は可哀そうだ、三度しかしてやれなかった。年には勝てない……と、しみじみした口調でつぶやかれたよ」

とのこと、小説以外では嘘の言えない小田仁二郎の言葉だから造り話ではないだろう。淳先生が、私を亡くなるまで信用して下さって近づかせて下さったのも、私がR子さんに無心に好意的だったからだろうと、今にして思い当る。

ある時、淳先生と二人きりで話をしていた時、ふっと、私は先生に伺った。

まだ有髪だった。

「死ねばあの世はどうなんでしょう」

言下に、びっくりするほど大きな声がかえってきた。

「無だっ！」

「え？　じゃ、先生のあれほど愛していたお良さんにも逢われないんですか」

「逢うもんか、無だっ！」

その声の勢いに恐れをなし、私は黙ってしまった。淳先生は物置にあった風呂敷包みの中にあった生前のお良さんの先生への手紙の束を発見された時、私にそれを読ませて、

「本にして出しても、みっともなくないか判断してくれ」

とおっしゃった。私はそれを一晩で読み通した上、「本にしてあげて下さい」と答えた。『月明の径』という題も、先生と二人で考えついた。余り売れた様子もなかったが、ある時期の淳先生の廻りの交友関係などが、素直な筆使いで書かれていて、参考になることが多かった。気取らない文体にお良さんのさっぱりした人柄もうかがえた。

今年二月十日に石牟礼道子さんが亡くなって、はや、八ヵ月にもなってしまった。その間、日本は気候不順もいいところで、台風、地震が襲いつづけ、世もいよいよ終りかとさえ思われる異常気象におびやかされた。

その間にも、石牟礼さんへの愛惜の気運は、強くなる一方で、石牟礼さんの著書の売行も、かつてないほどの有様であるとか。私は夏頃から次第に老衰の疲れがひどくなり、殆《ほと》んど昼間もベッドに横になって、本ばかり読んでいる。気がつくと、それがすべて石牟礼さんの書かれたものばかりである。道子さんのあの柔かい声が、

「寂聴さん、私のこともっと識《し》って……」と言っているような気がしてならないのだ。石牟礼さんと私が、相当の仲よしだったことは、余り人は知らない。従って、亡くなった後も、石牟礼さんの死についての感想や、追慕の原稿など頼まれたことはない。しかし、今度しみじみ彼女の本を読みつづけて、石牟礼さんと私は、双生児のようによく似た面があると思い知った。それは、これ以

上、自分勝手な、我が儘な女はいない、いや、吾々二人はいるけれど……という感慨である。物書きになりたいことが、何にもまして自分の生きる第一条件になっていて、その我意を通すことが、生きる第一の欲望で、それを通すためには、浮世の義理や人情を、呆れるばかり不義理を通してふり捨ててきた。平たく言えば、書くという欲望のためには、義理や人情は躊躇なく捨ててかえりみない。

私は、「ママ、行ってはいや」という言葉もまだ言えない幼い娘を夫の許に捨てて、我を通して、極寒の二月、着のみ着のまま、財布も持たず、無一文で家を出てしまった。その一点だけが、百年近い私の一生の中で唯一の後悔になっている。娘の父は、世間的には立派といわれる人で、私と結婚したことで、生涯の恥と苦悩を与えられた気の毒な人である。自分のような悪い妻は、そうはいないだろうと思いこんでいたのに、私より少し若い石牟礼道子さんは、私と、どっこいそっこいのけしからん人妻であり、子供の親であった。それを識ったから仲よくなったわけでもないが、私たちは一目逢った時から、パーンと互いに解る相性のようなものを感じあい、心を許しあった。道子さんは九州に棲み、私は家出以来は、京都に棲むことが多いので、行来するほどではないが、いつも心の底には忘れたことがなかった。手紙のやり取りもしたことはないが、電話一本で、道子さんはいつでも京都へ駈けつけてくれた。私の娘理子は字はちがうがミチコという呼名なので、それも縁の一つのようで喜んでいた。

一度私は自分の仕事の件で、道子さんの住む家へ行ったことがあった。その時、すでにチッソと闘いをはじめていた道子さんは、まっ直《す》ぐ私を海岸へつれてゆき、黙って岸辺に立たせ、海をみつめさせた。一見おだやかな碧《あお》い海にチッソの毒がしみついていることをじかに感じさせるつもりであろう。私が黙って涙ぐんで、海をみつめていると、道子さんは「ありがとう」と口の中でつぶやいて、何も言わず家へ案内してくれた。お母さんのハルノさんが小柄な体を弾ませるようにして迎えてくれた。すぐお母さんの手造りのお昼の御馳走をさずかった。豆ごはんと、野菜のお煮しめ（その美味しいこと）、沢庵（普段は大きらいなのに）、飛魚の干物焼など、どれもとびきり美味しく、私は夢中で頂いて、空になったお茶碗をすっとお母さんの前にさし出した。

「まあ、このお方は！」

お母さんは満面の笑顔になって、道子さんに、その茶碗を見せ、また山もりに豆ごはんをよそってくれた。

その時、背の高い男の人があらわれた。道子さんが、

「主人です」

と言い、その人が丁寧に頭を下げてくれた。背の高い整った顔の清潔な感じの男性だった。小学校の先生だという。いい御夫婦だなと思った。まさかその後、そのおだやかな御夫君と、その間に生れた男の子道生《みちお》さんを捨てて、身一つで物を書く女となるため、家を出るなど、想像も出来なかった。

荒畑寒村《あらはたかんそん》氏が、私と知り合って以来、京都へ度々いらっしゃるようになった。ある時、京都から九州へ行き、石牟礼さんにお独りで会いにゆかれた。その帰り、また京都へ寄られたが、

「あんな素晴らしい女人はいない！」

と、絶讃なさり、すっかり石牟礼さんの熱烈なファンになられた。私は女に惚《ほ》れっぽい寒村先生のために、その後、石牟礼さんを京都へお招きして、河下りをしたりして、寒村先生をもてなす手伝いをして貰った。どんな人に逢っても、どんな場に置かれても、石牟礼道子という女人は、堂々として物静で美しかった。

彼女の仕事場に、献身的に尽す学者が居るらしいという話を聞いた時も、私はほっとして、ああ、よかったと思っていた。

渡辺京二氏というその人は、すでに半世紀近く、道子さんの仕事場に通いつづけ、原稿の整理、校正から、台所仕事まで、一手に引き受け、道子さんに奉仕していると聞く。御自身も立派な学者なのに、そして家庭もあり、妻子もある方なのに、道子さんの仕事場に通いつめた上、家庭も守り通し、自分の仕事も立派に成果をあげていると聞くと、まるで妖怪か化物のように感じてしまう。そういう夫を信じ許し、道子さんをたまには家に泊めたりする渡辺夫人という人も、人間離れしていると不思議に思う。

私はそんな道子さんの身の上に只ならぬ興味と心配を抱きながら、自分の仕事と老衰過労に追われ、思いがけない道子さんの病死の報に接するまで、心を尽して見舞うことすら出来なかった。しかし、この世には何が起るかわからない。全く思いがけない機会に、私はある日、道子さんの一粒種の道生さんにばったり出逢ってしまったのだ。

六

寂庵から、歩いて七分くらいの近くに、染織家《せんしょくか》で、人間国宝の志村《しむら》ふくみさんのお住いがある。志村さんは、染織を生涯の仕事にして、まさに日本一の腕前になったその道の達人である。

私より二歳若く、今年九十五歳の美貌の閨秀《けいしゅう》である。母上の代から染色と、織物で有名だったようだが、ふくみさんは染色や織物以外に、詩文にも秀いでている。恵まれた才能をいくつも持って生れた幸運な女性である。長女の洋子《ようこ》さんがずっと一緒に住み、染色や織物を母から学び、片腕となって頼もしく母を支えている。

偶然、近くに庵《いおり》を構えた縁もあって、私はこの秀《すぐ》れた芸術家母娘と親しくなり、二人が造った染織の学校の設立なども真近に見てきた。お宅に寄せていただくようになったある日、偶然奥の部屋に飾られていた緋《ひ》色の華やかな着物を見て、感嘆の声をあげた。

「まあ！　きれい！　何て華やかな、そして上品な着物でしょう。一体どなたの着物ですか」

着物の前に坐っていたふくみさんが、いつもの物静かな口ぶりで、つぶやいた。

「洋子の婚礼の着物に私が染めて織ったものなんですよ。紅花《べにばな》で染めました。紅花は昔は口紅にも使われました。京紅というのも紅花を使います。やっぱり、自然の色って、いいものですね」

説明を聞くと、いっそうその着物の美しさが輝きを増す。

「これを着た洋子さんの花嫁姿は、どんなに可愛らしく美しかったことでしょう」

私はそう言いながら、深い感動のため息をついていた。妻になり、母になり、今は母堂の天才の至芸を助けて、なくてはならないふくみさんの片腕になって、天才の母を支えている洋子さんの、可憐な花嫁姿を、緋の衣裳のかげに、想い描くだけでも、自分の胸に熱い動悸《どうき》が湧くようであった。

私は紅花の実物を識っていた。山形の上山《かみのやま》温泉にある宿の美人の若女将《おかみ》が、ある時、かかえきれないほどの紅花を、私に送ってくれたのであった。その温泉へ行った時、途中の畠《はたけ》にびっしり目も遥《はる》に咲きつづいていた、その可憐な花を見て、思わず嘆声をあげた私を覚えていて、若女将が気をきかせて、わざわざ送ってくれたものであった。

京都の祇園の舞妓《まいこ》たちが、おちょぼ口に、くっきりつける口紅も、紅花から造られるという。

花は小ぶりだけれど、しっかりした茎に支えられて、思いの外《ほか》丈夫で、水さえかえれば、何日でも持った。

私も人まかせにせず、毎日水をかえながら、志村ふくみさんの染めあげるなつかしい紅の色を想い浮べていた。

九十歳になった石牟礼道子さんは、二〇〇二年からパーキンソン病を患いながら、最期の仕事として、新作能「沖宮《おきのみや》」を書きあげた。「沖宮」の衣裳をふくみさんが手がけている。

道子さんは、かつて、夫と一人息子の道生さんと暮していた家を出て、仕事場がほしいという名目で、独り暮しをはじめた。お嫁入りした時、花嫁の持っていく荷物がなく(貧乏故)家にたくさんあった紙をお父さんがくれて、紙だけが花嫁支度で嫁いだそうだ。まわりからは、それだけでも変な嫁だと呆れられたらしい。私ははじめて道子さんを訪ねた時、たまたま、どこかから風のようにあらわれた御主人にお目にかかった。おとなしい感じの物静かな男性で、愛想よくお辞儀をしてくれたのを覚えている。夫婦の仲は、べたべたしていなかったが、決して冷くは見えなかった。

後になって、あのおとなしい夫と、一人息子を家に残して、自分の仕事場を需《もと》めて家を出たということは、やはり異常と世間からは見られたであろうし、道生さんが、お父さんが可哀想だと、道子さんにせまったというのも当然だとうなずける。しかし、その一方で、何が何でも家や家族を捨ててでも、独りの仕事場が欲しくなった道子さんの切実な欲求も、私には痛いほど理解出来る。自分が夫と娘で暮していた家を出る直前、私もまた、自分ひとりの部屋が欲しいと、毎晩枕を噛んで泣いていたものだった。

家を出た道子さんの傍らには、渡辺京二さんという理想的な助力者がいた。原稿の清書から、家の掃除、台所の世話までしてくれる便利な男だった。しかも抜群に物識りの思想史の学徒だという。

家庭を捨てた独り暮しの女のところに、連日入りびたっている男の存在を、世間の常識がすんなり認めるだろうか。私は二人の間に恋愛感情が皆無だったとは、今も信じられない。五十年、何と半世紀もそういう変則な生活を渡辺さんは決行している。それを許した渡辺夫人こそ、凄い人だと思う。道子さんは、のうのうと、渡辺さん夫妻の好意に甘えて、その奉仕を甘受している。

渡辺さんは、道子さんを可哀そうで見捨てておけなかったと言っている。男が女を可哀そうだというのは、惚れたということであろう。渡辺さんの凄さは、その五十年を堂々と道子さんに奉仕しつづけたことだ。けなげか、恐ろしいかわからない渡辺夫人は、ひどく苦しんだ病気の果に三人の中で一番早く亡くなっている。

それに対する道子さんの文章を私は知らない。

私は「ママ、行ってはいや」という言葉も言えない幼い娘を夫の許に置いて家を出てしまった。

そのことについて、道子さんに逢った時、一度も話したことはないし、道子さんからも話を聞いたことはない。夫がつけた娘の理子という名は「みちこ」と読むと夫から教えられた。玉についた模様のような影だという。

ついこの間、道子さんが書いた新作能「沖宮」の上演に、ふくみさんから御招待を受けて出かけた。その直前、私は廊下でしたたかに転んで、せっかく歩けていた脚がまただめになり、当日は車椅子に乗っていた。私の席は一番舞台の見易い最前列を与えられていた。

パーキンソン病になって、病院に入っていた道子さんは、そこでも仕事をしつづけ、「沖宮」も何度も書き直したと伝えられている。

熊本にいる渡辺さんは見えなかったが、私の席から近くに道生さんがいた。そして向うから、私に目顔で挨拶を送ってくれて、初対面なのに、その人が道生さんだとすぐわかった。まるまると肥った、人の好さそうな笑顔の人であった。私は人がいなければ、思わずハグしたいような親愛感を抱いた。母親に捨てられた一人息子……そんな言葉が私の胸いっぱいに拡がっていた。それは私に捨てられた私の娘理子に対する呼びかけに通じていた。私は道生さんの丸い背を抱きしめ、「苦労したね」と声をかけたくなった。あやうく涙がこぼれそうで、それを呑みこんだ。道生さんに理子の俤《おもかげ》が重った。彼女は、全く思いがけず、三年前から未亡人になっている。孫はニューヨークとカリフォルニアの二つの州で弁護士になっている。双子の女の子の母にもなっている。その辺りを小説に書きたいところだが、それは遠慮すべきだと、私の頭の中から、いつも声がする。

まるまるとした道生さんを横目で見ながら、私はどんなに辛かったでしょう、淋しかったでしょうと、声をかけたくてならなかった。

舞台に目を向けていたが、しっかり頭にも心にも舞台は入らなかった。赤い着物は鮮やかだったが、色が薄く、洋子さんの婚礼の緋の衣裳の鮮やかさが、ふいに目の奥にひろがっていた。

場内がざわざわして、能が終っていた。

道生さんが席を立って、真直私の前にやってきて、名刺をくれた。

「そのうちに……」

私はそうつぶやいたつもりだったが、彼にその声が通じたかどうかわからなかった。

彼が背を見せて立ち去った後で、名刺を見たが、そこには彼の勤め先の学校の住所だけが記されていた。

七

早くも石牟礼道子さんが亡くなってから一年がたとうとしている。その間、どの印刷物にも石牟礼道子という文字が躍っていて、その躍動感は、むしろ亡き人の生命が、生前より更に若返って、よみがえってきたかのような感じがした。

どの文章にも、生前の写真が伴なわれていたが、どの写真も、亡くなるすぐ前の写真さえ、道子さんは美しく写っていた。

長い病気で、もう歩けなくなっていた亡くなるほとんど直前に、若い崇拝者たちが三人病床を見舞っているが、その時の写真を見ても、九十歳の病人の道子さんは、働き盛りの若い人に負けずに、笑顔が美しく、慈愛にみちたお地蔵さんのようだった。

いよいよ家庭から出て、ひとりで生きようと考えた時、職業として、バーのホステスにでもなろうかと思案したが、その条件として、どこのバーでも「美貌」とあるが、それなら自分は適さないと、あきらめたという文章が残っている。それは全くの誤認で、石牟礼道子さんは初対面の人が、必ず心を奪われる不思議な魅力を持っていた。

髪型は、その時々に違っていたが、どれもおだやかで智的な風貌を引きたてる自然さにまとめられていた。いつでも目立たないが感じのいい薄化粧がほどこされていた。髪型も化粧も、自然に見えたが、自分を最高に光らせる計算がされていた。

数える程しか逢っていないが、いつの時もはっとする色彩やスタイルの服装をしていて、洋装でも和装でも、それ以上似合うものはないだろうと思わせるほど、身に合ったおしゃれをこなしていた。そしてそれはどれもすっきりして都会的センスをただよわせていた。

逢った時は、少い時間に出来るだけたっぷりした話をしたかったので、おしゃれや、情事の話や、肉親とのいざこざなど一切語り合わなかった。一目逢った時から、道子さんの魅力に魅《み》いられて、以後五十年間、半世紀も彼女に仕えきって、仕事から日常の暮しの面まで力を尽し通した渡辺京二氏という偉い学者が、いらっしゃることも、私は道子さんが亡くなってから、くわしく知らされたくらい、うとかった。

渡辺氏は、道子さんに逢った瞬間から、道子さんの魅力に捕われ、家庭があるのに、一日のほとんどを道子さんの仕事場に通い、書いたものの校正や清書をした上、掃除や炊事までするようになり、一日の殆んどを道子さんに無償の奉仕をささげて来られた。妻子のいる御自分の家庭も、その間、不自由なく支えつづけていられた。

道子さんの仕事場から帰り、夜になって自分の仕事をするという生活が半世紀もつづいていたのであった。その間、御自分の学問もきちんとつづけていられる。道子さんは、渡辺家で昼寝をさせてもらう時が、最もよく眠られるなど、けろりと文章に書いている。

　道子さんと渡辺さんのような関係を何と呼ぶのか知らないが、こんな男女の関係があってもよいのではないかと、私には羨《うらや》ましく美しく眺められる。噂だけ聞いてお目にかかったこともなかった渡辺さんから、道子さんが亡くなってから、はじめてお手紙を頂戴した。生前の道子さんとの交友関係のお礼状のようなもので、私はお礼をいわれるようなことは何一つしていないので恐縮してしまった。お返事をすぐ書きかけたら、私の方こそお礼を云いたいような気持があふれてきて、まるでラブレターのようになってしまった。呆れて、書き直しているうちに、今度は短篇小説のようになってしまった。これではならぬと、書き直しをくり返すうちに、もう書くのが厭《いや》になってしまった。

　渡辺さんには、奥さまは亡くなられたが、美しい見るからに聡明そうな御長女が、面倒を見ていられるということで、私などがうろうろ心配する必要もないらしい。それでも情けない暗い声で、

「年のせいでしょうか、すっかり弱って寝られず、全身が痛く、全く元気がな

くなってしまって……」

などと聞くと、あわてふためいて、渡辺さんと仲のいい伊藤比呂美《いとうひろみ》さんに電話で「渡辺さんが重症らしい」と告げ、大あわてさせたりする。

その都度、あの世で道子さんが、面白がって笑っているような気がして、私もひとりでふきだしてしまう。あれだけ心身を使って仕えていた道子さんへの奉仕がなくなったら、急に老衰も始まり、元気がなくなるのも当然であろう。今度は道子さんの霊があの世から渡辺さんを守る順番であろう。

私は九十六歳にもなって、一向に衰えず、この一年で文芸誌二冊に連載を始めてはりきっている。どうなっているのか全くわからない。

徹夜もしたくないが、せずには仕事が終らないので、締切が重なると、月に二夜ほどは完全徹夜をしてしまう。その翌日法話があったりすると、さすがに立って一時間半も話すことが苦痛になってくる。

このまま、ここでバッタリ倒れたら、さっぱりするだろうと思っても一向にそんな気配はおこらない。

躰じゅうが、バリバリして痛いけれど、自分の足で杖もつかずに歩けている。

この調子で百歳まで生きたらどうしようと不安である。

「それより遺言ですよ！　早く書かないと！」

秘書からも、会計士さんからも、うるさく言ってくるが、そんな面倒なこと、書く気にもならない。

「死んでしまえば、後のことなんか知らないよ！」

口には出さないが、胸の中ではそう思っている。

きちんと、後が困らないようにするには、まだ、二、三年はかかりそうだ。

死んだ後のことなど、考えるゆとりはまだ全くない。

短いが、小説を書く度、ほめ上手の編集長が、まるで傑作を受けとったようにほめたファックスをくれるのが、やはり嬉しくて、

「よし、まだ、いけるようだナ」

と、いい気になってくる。

子供の頃を書けといわれ、それをつづけていると、子供の日々がありありとよみがえってきて、いくらでも書くことがある。

去年から今年へかけて、親しい人たちが次々亡くなった。その御遺族が、電話など下さると、いっしょになって泣いてしまう。

生きてきたからには、どうしたって死ななければならない。わかりきったことだけれど、次々知人が先に逝ってしまうと、淋しくて身のまわりも、心のなかも寒々としてくる。

そんなことを書いていると、会計士から電話があり、

「遺言の件ですが、まだでしょうか？　何とか早くお願いしたいのですが――」

という。何度聞いたか知れない言葉だ。

「はい、はい、わかっています」

と、いい加減な返事をして電話を切ってしまう。

生きてることも面倒臭いが、死ぬのも、色々支度があり、さらに面倒臭いも

のだ。

やはり、長く生きるなら、適当に呆《ぼ》けるのが、本人は一番のどかでいいような気がする。

窓の外に、花の好きな会計係りのスタッフの声がする。

「梅が咲いてますよ！　白もピンクも両方とも！　まんさくも昨日よりずっとふくらんでますよ！　春ですね、いよいよ！」

その声のすぐ後に徳島の甥の娘から電話が届いた。

「今、病院の院長さんから、入院中のお父さん、もう一週間の命だと云うことです。今夜亡くなっても不思議ではないと……」

生き残った肉親の中で最も気の合う甥であった。九十六にもなると、こんな時も息がつまるだけで涙も出ないようであった。

八

夢の中で、私は身を揉《も》んで笑いころげていた。笑いすぎて息がつまり、誰かに背中を叩いてもらっていた。

「もう、ええで?」

叩いている手を止めて男がいった。一緒に笑っていた甥の敬治《けいじ》の声だった。

「ありがとう、もうええ。あ、姉《ねえ》ちゃん、まだ笑っとる」

大きな火鉢の向うで姉の艶《つや》が、背中をあえがせて、ひいひい笑っている。

そこは私の故郷の、徳島の生家の仏具屋の店先だった。

「三人寄れば、どして、いつもこない笑うんだろ」

私はまだ笑いすぎて出るしゃっくりに、声をあえがせながら言った。

「ほんまに」
「気が合うからじゃ」
姉と敬治が同時に言った。

夢からさめて、私はすぐ徳島の生家に電話をした。夜明け前なので誰も出なかった。

姉は私より五歳年長だから、生きていたら百一歳の筈だが、六十六歳で、直腸ガンで死んでいる。両親がゼロから造った神仏具商を、姉は父の指物《さしもの》大工の弟子の一人と結婚して、店を継いだ。十数人育てた弟子の中で、父が一番気にいった男で、小学校を出てすぐ父の弟子になった。十人兄弟の二番めの男の子だそうだが、律儀な、至って生真面目な男だった。結婚してから、誰にすすめられたわけでもなく、夜学の中学に通い成績一番になったが、神経衰弱にもなって、それは生涯の持病になった。

姉が習字を習うと、自分もそれを習い、姉が和歌の会に入ると、自分もその会に入った。

夫婦仲は悪くなく、姉は男の子を二人産んだ。

六十過ぎて思いもかけないガンになってからは、姉は誰よりも夫を頼り、背や脚をさするのは、義兄でなければ気にいらなかった。

「水甕《みずがめ》」の同人になり、歌集を二冊残した姉は、死ぬまで歌を詠《よ》みつづけた。私が文学少女になったのはことごとく姉の影響である。文学にかぶれ過ぎ、私が家庭を飛びだし、世間に恥を重ねていた時も、姉は私をかばいつづけてくれ、私の文才をひとり信じてくれていた。

敬治は祖父母も揃って、家族すべてが健康だった最もおだやかな家運の中で成長した。

戦争がつづき、敬治の父も召集され、戦後はシベリアに抑留され、戦後五年もすぎて帰ってきたが、迎えに行った町内の人々の前で、帰った仲間と肩を組み、革命歌を歌って、人々をびっくりさせた。父は、

「こんな者に仏具屋は継がせられん、わしの目のまちがいやった。もう去《い》んで

もらう」

など言いだすので、姉が困りはてたという。その頃、徳島の町のどこの壁にも、でかでかと、裸の女のポスターがはられていた。はやっていたストリップ劇の宣伝だった。

義兄はある朝早く、敬治たち二人の子供を起し、硯《すずり》と墨汁を持たせ、三人で町へ出た。どこにでもあるストリップの宣伝ポスターの前にとまると、子供に持たせた硯に墨汁をあふれるほどいれ、自分の持った筆に墨汁をたっぷり吸わせ、ポスターの女のあらわな乳房や股を黒々と塗りつぶす。何枚も墨汁のなくなるまで塗りつぶし、二人の子供を従えて帰ってきた。

「ええか！　こんな下作《げさく》なことをする人間は、人間の屑《くず》じゃ、こんなポスターはみんなこうしてやれ‼」

三ヵ所、黒々と塗りつぶされたポスターは、かえって猛烈に卑猥に見えた。町の人々は、それを、どこの助平のいたずらだろうと、その人間を取りおさえる相談を真剣に始めていた。

恋女房に早く死なれてからも、彼は達者に生きつづけ、耳は聞えなくなったものの他は丈夫で、九十二歳まで生きていた。いつの間にか、肉親のすべてに部厚い遺言を書き残してあった。敬治あての遺言には、自分の葬式は町に二つある葬儀場の、AよりBの方が安くて誠実だからそこにせよとあったが、彼の死んだ時には、Bはすでにつぶれていて、Aしか町には残っていなかった。

私あてのものには、

「敬治は何一つ苦労をさせなかったので、人間が不出来で、必ず自分たちが苦労して造りあげた仏具店を彼がつぶすであろうと信じます。すべては自分たち親の教育の甘さのせいで、本人のせいだけではない。何卒お許しを請う」

とあり、最後に、

「しかし敬治ほど心の無欲なやさしい人間は居りませぬ。何卒それを認めてやって、すべての不肖《ふしょう》を許してやって下さい。私も本音を申せば、誰よりも不出来な敬治を最も愛しております。返す返すも彼をお許し下さりませ」

と書かれていた。

京都から徳島まで車で四時間かかる。私はタクシーで敬治の入院しているという病院へまっ直ぐ駈けつけた。

ゴルフをしすぎて背骨を痛め、その最初の手術がうまくゆかず、次々、ずっと躰の方々が悪くなっていた。どこの神経がやられたのか、ここ一年ばかり前から、喋《しゃべ》れなくなり、手足も不自由で、赤児のように、動きのすべてを他力《たりき》に頼らねばならなくなっている。私も電話では、「悪業の報いね」など冗談めかして言っているが、どんなに辛いだろうと思いやっていた。

食事から排泄《はいせつ》まで人手にかからなければならなくなった敬治は、何度も女事で泣かせてきた妻の美江《みえ》さんの手を借りなければならないという。死んだ方が楽じゃないのと、言いかけることばを呑みこむ私に、

「寂ちゃんの葬式をきちんとしなきゃあ、死ねへんからな」

と笑顔を見せようとするが、唯一の自慢の笑顔も、今は面のようで表情がない。

病室に着くと、ベッドの裾に美江さんが置物のように腰かけていて、覗きこ

んだ私の目の下の敬治は、どきっとするほど美しい爽やかな顔で、目を閉じていた。何人も見てきた死人たちの顔が、すべて生前より美しくなっていたように、目の下の顔は、すでに死人のように美しく静謐《せいひつ》だった。思わず掌で触ってみたいほど、その顔はおだやかだった。ふっと目をあいた敬治は、覗きこんでいる私の顔を認めると、例の、誰にも負けない優しい笑顔を見せた。唇を動かせたが声は出ず、腕も全く動かない。

私が握りしめた掌を握りかえす力もない。

「艶《つや》姉さんと、あんたと三人で、店の大きな火鉢のそばで、笑いこけてる夢見たよ……よう笑ったね、三人で……」

敬治の動かない面のようなきれいな顔に、何の表情も動かなかったが、私がさすっている掌が少し熱くなったような気がした。気がしただけで、敬治の血は動いたのではないようだった。耳もほとんど聞えないと言うことだったが、目の下の敬治はまだ生きていた。

私を認めたこともわかった。

ベッドの裾から美江さんが立って私の横に来た。

「喜んでいます、有難うって云うてます」

「どしてわかるの？」

「……そりゃあ……夫婦ですもの」

思わず私は美江さんを抱きしめていた。

私の涙より早く美江さんの涙が、私の髪のない首筋に落ちた。

五日たち、敬治の死が伝えられてきた。

九

手伝いの少女が開けた庵の木の扉から、その逃亡者は風のように軽々とす速く入ってきた。白い小粋《こいき》なハンティングを目深《まぶか》く額に下していたが、サングラスもかけず素顔をさらしていた。

門から玄関までのゆるい勾配《こうばい》の石段の上は、楓《かえで》のトンネルになっている。繁りあった樹々から洩れる蒼く濾《こ》された夕陽に染り、おとこの顔は透きとおるように蒼《あお》く、たった今、水底から引きあげられたばかりの人のように見えた。おとこのしなやかな長身にまつわりつく葉洩陽《はもれび》の光りの玉が、おとこの動きで、全身から振りこぼされる雫《しずく》のように見える。

目を伏せたままのおとこは、玄関の戸口まで出迎えている私の視線に、まだ気がつかない。つと、ハンティングをとり、片掌の中に、一摑みに握りしめた。

数時間前、テレビの画面の記者会見で見た顔より、憔悴《しょうすい》した顔がしまり、疲れの滲んだ顔に垂れ下ってきた髪の乱れが、痛々しさを誘う。屋島《やしま》からひとり逃れ、那智《なち》の沖で入水《じゅすい》する維盛《これもり》を、唐突に連想しながら、私はおとこのやつれた美しさに、一瞬気をのまれていた。

ようやく顔をあげ、私に気づいたおとこは、とっさに幼児のような無防備な笑顔になりかけ、ふっとその顔を曖昧に強《こわ》ばらせた。自分の今の立場から、どんな表情をとっていいのか迷ったふうに肩を落し、目を伏せた。

座敷に向いあうまで、私たちは口を利かなかった。

おとこは歌手で、俳優の萩原健一《はぎわらけんいち》だった。ショーケンと呼ばれるそのおとこが、私の庵に来たのはこれで二度めだ。最初は五年ほど前、婦人雑誌の対談で、婦人記者に伴われて来た。背広を着てきれいに髪を撫でつけたショーケンは、固くなっていてほとんど答えらしい答えが出来なかった。対談上手といわれた私が、これまでの対談の中で最も苦労し、まるで挽臼《ひきうす》でもひっぱっているように疲れたのがそれだった。それでいて対談の後味は悪くなく、引き受けたことを後悔もしていなかった。

三十歳にまだ二年の間があったその日のショーケンは、眺めているだけでも爽やかで、無疵《むきず》な李朝の壺にでもむきあっているような、快い興奮と、一種のもの哀しさを、そそるものを持っていた。

活字になる時、ずいぶん手をいれたが、どうしようもないほどショーケンの口数が少く、ほとんど私ひとりの独演会の様な、アンバランスな対談になってしまった。

二時間も同席して、喋りつづけ、結局、私はショーケンの好もしい外貌以外、何ひとつ彼を識ることが出来なかった。壺はなめらかで、いくらでも触ることは拒まないが、その肌に爪をかけることは出来ないのだった。幾度か叩いてみても、うつろな空洞の反響音しかかえって来ない。

人間はどんな人でも、他者に向うと、自分を表現して、少しでも理解してもらいたがるものだと思いこんでいた私は、ショーケンに逢ってはじめて、全く自分を語る表現力のない、あるいは表現欲のない人間にめぐり逢い、少なからず愕《おどろ》かされた。そのことが、かえって私のショーケンに対する好奇心を引きのばし、関心を持続させていたといえるかもしれない。

はじめて現実に、間近で見た時のショーケンは、テレビで見る映像より、はるかに非現実的な感じがした。人間より蠟《ろう》人形に近い皮膚の色となめらかさに、決して人形には真似出来ない、うるんだ夢でも見ているようなけだるそうな目の光が加っていた。彼が立ち去った後で何時間かして、私はふっと妖精ということばを思いだし、ようやく気持が落着いたのを覚えている。

その時、ショーケンが私に与えたこの世ならぬ妖《あや》しさが、麻薬愛用者の使用時の現象だと察しられたのは、ショーケンの逮捕事件がおこった後のことだった。

対談のゲラ刷を読んだ時、これではショーケンはあの二時間、さぞ面白くなく、坐っていることがどんなに苦痛だっただろうとうなずけた。

ところがその後、ショーケンは、二、三度、唐突に電話をかけてよこした。電話の中の声は、対談の時とは別人のように、快活で溌剌《はつらつ》としていた。

「センセ、わかりますか、萩原です」

という声は弾みきっていて、お祭に小遣いをもらって駆け出してきた子供の声のように、無邪気で明るい。

「久しぶりね、どこにいるの今」

「京都。撮影で、五日前から来てるんです。逢いたいですね」

声はますます陽気になる。

「ええ、逢いたいわね」

私もつりこまれて声をはり上げる。

「センセ。行ってもいいですか」

「です」が「す」に聞える口調でいう。

「ええ、どうぞ、いつ来る？」

「だめなんだ、今度は。もう明日、朝早く東京に帰るんです。でも、きっと、また来ます。その時必ず行きますね、じゃ、センセ、病気しないでね、転ばないでね」

「あなたも元気でね」

後にかかってきた時も、ほとんど同じような会話だった。京都が、九州であったり、大阪であったりするだけだ。電話によれば、どこにいてもショーケンは、毎朝走ることは休まない様子だった。

そのころ、ショーケンがよく人に、アナキストで関東大震災の時、妻の野枝《のえ》と憲兵隊に殺された大杉栄《おおすぎさかえ》を、演《や》りたいと話しているという噂が、伝ってきた。大杉栄のことは、あの対談の時、最も時間をかけて、私が彼に話したことだった。

「ぼくは、小学校の時からなまけ者で、漢字、ほとんど、知らないので本が読めないんです。でも女房がセンセの本のファンで、ずいぶん読んでいます」

結婚は何度かして、恋愛沙汰は数えきれない程だとは、もう私も識っていた。今の何度めかの美人妻との結婚写真も、週刊誌で見た覚えがあった。

そんな話も出た後で、私はふと、このおとこがフリーラブの理論に足をすくわれ、日蔭茶屋《ひかげ》で、神近市子《かみちかいちこ》に刺されて死にかけた大杉栄を演じたなら、適役だろうという想像がひらめいた。あの対談の時、聞いているのか眠っているのかわからなかったけれど、この話だけでも覚えていたのかと、私はいくらか心が軽くなった。

彼の演技は、テレビでしか、しらなかった。

一度だけ、私の短篇小説をテレビで扱った時、美人の大女優の演じる年上の女の、若い情人役になったショーケンが、台本にもない情交の場面をつくり、女のローズピンクのパンティをキャップのように頭にかぶり、ふざける場面を演じた。その場面が思いがけない説得力を見せ、好評だったことがあった。

あれから五年経っていても、私の彼に関する知識は一向に深くも広くもなっていなかった。

五年前と同じ座敷の同じ位置で向いあうなり、またとない親友どうしのような雰囲気を、両方で造りあげるのだった。

いつからそうなったのか、気がつくと、毎朝、早くショーケンから電話がかかってくるようになっていた。六時半か七時前のことで、

「お早う、センセ！」

疳高《かんだか》い声で呼びかける。グループで走っているらしく、仲間のいる賑やかな雰囲気が伝ってくる。若い人妻や娘もいるらしく、疳高い彼女たちの笑い声も聞えてきたりする。

スケート選手として、少女時代から名の聞えていた彼の妻は、こんな朝の走りの仲間には無関心らしい。

ある朝、ふと気がつくと、朝のショーケンの電話の挨拶が、

「おかあさん、お早う！」

になっていた。二、三日ほど私自身が気がつかなかった程、その変化は自然だった。

四歳のひとり娘を婚家に残し出奔した私には、いつの間にか三人の曾孫《ひまご》がい

る。三人とも女で、上の二人は双児である。彼女たちの母がアメリカで二つの州の弁護士をしているので、ずっと母とニューヨークで暮している。まだ二歳になったばかりの末の曾孫は、父が私の孫で、母がタイ人である。タイで暮しているが、ニューヨークの曾孫より、京都に訪れることが多い。

ショーケンは四度の結婚、三度の離婚をしているが、子供は無かったのだろうか。

誰が何と言おうともショーケンは天才の一人だと私は信じている。九十七年も生きのびてきた間に、私は、本当の天才や、偽天才の多くに会ってきた。本当の天才は孤独といういばらの冠を自分の知らない間に頭に戴いている。その冠をかぶったまま、あの世に帰っていく。

つつましい家庭の平安や、血のつながった家族の結束などを、望みはしない。それを選び取るのは、本人の強い意志と、残す本人の命がけの業績だけである。

「おかあさん、お早う!!」

なつかしい声に必ず起される朝の来ることをまだ信じて、今朝も私は、朝のふとんの中で耳をすませている。

十

二、三年前から誕生日が来るごとに、

——これが最期の誕生日かな？——

と思う。五月十五日は京都では葵祭りの日である。たいてい晴れるのが例になっていた。しかも私は十年ほど前から、祭りの行列が出る御所の門の通りの向うの二階建の家を自分のものにしていた。日本のチベット学者で学士院賞受賞者の佐藤長《さとうひさし》氏が、亡くなる時、どうしても私にあげるといって、下さった町屋《まちや》である。北京で私が新婚生活を始めた時、京大からの留学生として、私共の棲む紅樓飯店《ホンロウファンテン》に住まわれていて、夫の命令で、私は北京の新婚生活第一夜から、私たちと同じ食事を中国風に日に二回、佐藤さんと一緒に食べることになったのである。もうその頃は、内地との文通も怪しくなり、佐藤さんへの京大からの生活費が届かないことも多くなっていた。東京女子大を卒業してすぐ夫の暮していた北京へ渡ったので、私は全く料理が出来ず、食事の買物は、夫が一緒に行き、大根はいくら、肉はいくらと中国語で教え、食材を買うという不便さであった。それでも、夫の友人の中国人婦人に料理を教わり、何とか、夫婦プラス佐藤さんの三人の食事を作りつづけた。

佐藤さんはそのうち、後に奥さんになった女性と仲よくなり、その人が滅法料理が上手なので、彼女の下宿で食べるようになった。私のまずい料理を食べたのは、一年余りだったが、そのことを佐藤さんはいつまでも恩にきてくれ、御病気で臨終の時それまでの住まわれていた奥さんとの愛の巣を、私にどうしても下さるというのであった。

奥さんは一年ほど前、亡くなって居り、男性独り住いの二階家は荒れに荒れていた。私がいくら断っても、佐藤さんは聞かず、

「今のような忙しい生活をつづけていては、あなたも近く死んでしまう。あの

家に時々かくれて、誰にも逢わず休みなさい、そうして長生きして、いい仕事を残すのです」

と、真剣にすすめられる。ベッドのまわりの弁護士や、医者が、病人と私を取りまいて、

「これほどおっしゃるのだから、貰ってあげて、先生を安心させてあげて下さい」

と、口々にすすめるので、ついに私も成行上、

「いただきます」

と言うしかなくなった。

佐藤さんはそれを聞くと安心しきった顔を和《なご》ませて、にっこりして私の掌を握り、安らかにこの世を去られた。

そんな次第で、私に佐藤先生の町屋が与えられた。もう長年使い果して、その家は今風の台所や坪庭など目もあてられないくらい荒れていた。それでもたちまち、税金がどっと押し寄せた。私は半ばやけになって、この上はこの町屋

を徹底的に改造しようと決心し、その作業に取りかかった。二階も階下も、初めて建てるくらい改造した。かねて知りあいの大工さん一族が、はりきって、十人余りが隊を組み、本式の町屋に建て直してくれた。私はその間に、京都じゅうを走り廻り、大正時代の電燈の笠や、台所用品や家具を買いあさり、しっとりした京風の町屋に飾り直した。台所も昔風に水廻りも改造した。一日一日、生き返っていく古風な味わい深い町屋の出現に、私はすっかり元気になった。日本一のチベット学者の佐藤さんにちなんで、その家の表札は「羅紗庵《らさあん》」と書いた。私がチベットに旅をした時、見学したラサのポタラ宮を想い出したからである。

私が文化勲章をいただいた賞状を病院のベッドで喜んで御覧になり、佐藤長先生は亡くなられた。

その家は、葵祭りの行列の出てくる堺町御門《さかいまち》の真前にあるので、毎年、その行列を見たがる人たちが、集ってくる。お元気だった梅原猛《うめはらたけし》先生にも来ていただくと、

「ああ、いい町屋だなあ。私が新婚の頃、女房と二人で棲んでいた家とそっくりだよ、なつかしいなあ」

と喜んで下さった。

奥様も先生もあの世に渡られたその町屋に、相変らず忙しく暮している私は、めったに泊る閑《ひま》などはない。それでも、そこがあるというだけで、佐藤先生御夫妻との北京以来の友情を有難くなつかしく思いだし、心があたたまるのである。

ついこの間、満九十七歳にもなった私の余生も、もうそう長くはないであろう。生きている間にもっと羅紗庵に寝泊りして、佐藤御夫妻の恩義をしみじみ感じたいものと思う。

はてさて、来年の葵祭りの日に、私はまだこの世に生きていることであろうか。

十一

田辺聖子《たなべせいこ》さんが亡くなった。次々、長くつきあってきた作家が亡くなってゆくので、身辺が寒々して淋しい。

河野多恵子さん、大庭みな子さん、田辺聖子さんたちは、私が少々年長だけれど、皆さん、芥川賞の受賞者で、いつも華々しく、張りきっていた。河野さんと大庭さんは、芥川賞の選者にもなっていたし、田辺さんも直木賞の選者で、女性の小説家としては、揃って年長者の席を占めていた。

私たちの世代の上には、円地文子《えんちふみこ》さんや平林《ひらばやし》たい子《こ》さんや佐多稲子《さたいねこ》さんが、でんと並んでいられて、頼もしかった。私たちはこの方たちには頭が上らないで、その前ではおとなしくしていた。けれどもたまたま四人が揃って集ったり、一人欠けて、三人だけが集ったりすると、急に活気づいて、片っ端から大先輩の小説でも、けちょんけちょんにこき下して胸をすかせていた。

「これは内緒！」

と話し終って、顔を見合せてうなずきあう時のおかしさはなかった。

四人揃って、全く知識がないのは「野球」であった。長嶋《ながしま》さんや王《おう》さんの名や写真の顔は識っていても、四人とも、選手や監督の名前など殆んど識らなかった。

「どうして、あっちへ走れば近いのにこっちへ走るの？」

「ね、ね、どっちの組が悪いやつなの？」

と言う程度で、人に聞かれたら、文壇の恥になるような体育無智ぶりだった。中では私が、女学生の時、陸上の選手で、毎日陽の落ちるまで練習をさせられていたというと、

「ヒャーッ、うそ！　うそ！」

と、三人が声を揃える。陸上の三種の選手で、フォームはほめられるくら

い、いいのに、成績はさっぱりで、陸上部在籍の三年間、一度も試合に出して貰えなかったと言えば、揃って三人は満足そうにうなずく。

「陸上の三種って、何よ」

河野さんがにこりともしないで訊く。

「短距離でしょ、槍投げでしょ、走り巾跳びよ」

と言えば、三人の作家は体を二つに折って笑いころげる。全く信じていないのである。

四人の中で独身は、私一人であった。三人とも凄い奥さん孝行の御主人をはべらしていた。「芸術家が家庭の幸福なんかに満足しているのは偽物である」と、私がいきまくと、不倫ばかりして、夫のいない上、五十一で出家してしまった私など、女の真の幸福や、肉体的醍醐味など味っていないだろうという顔を見合せて、優越感をあらわにする。

三人とも、自分の夫が御自慢なので、つとめて私に見せびらかしたがる。従って私は三人の御主人たちとも仲よくなって、一緒にお酒を呑んだり、おのろけ話を聞かされたり度々している。河野さんの絵描さんの伴侶は、結婚前から識っているし、大庭さんの博学な上、台所や掃除まで、大庭さんよりこまめにされ、自ら大庭さんの秘書を買って出られている世にも珍らしい利雄《としお》氏とも親しくさせて貰っている。大庭さんは訪れていく私を食卓の前に坐らせ、自分もでんとその横の椅子に坐り、お茶から、お菓子から、お酒まで、こまごまと手早く用意しては運んで下さる利雄氏の前で、ふんぞりかえって、

「利雄は、こういうことが好きなのよ。ほんとにいい便利な秘書ですよ。寂聴さんは男を選ぶのが下手すぎますよ。今度はうちの利雄のような人、お選び遊ばせ、もっともっとお仕事がお出来になりますわよ」

という。河野さんの御夫君の市川《いちかわ》さんは、

「彼女が好きなオペラのレコードを聴いている時の、うっとりした顔って、最高に可愛いですよ。小説を書いている時は怖い顔してるし、いつかなんか、酒の代りに酢をカンして呑まされたりしましたけどね」

とぬけぬけといわれる。河野さんのおかっぱのヘアスタイルも、市川さんの

デザインであった。それでも逃げだすようにアメリカにひとり渡ってしまったら、河野さんはすぐ追っかけて行って、賞の選や座談会がある時には、アメリカから帰って仕事を片づけていた。相思相愛は衰える様子もなかった。

聖子さんは、はじめて逢った時は独身で、小柄でおとなしく、人々の後ろにひっそりしているような人だったが、程なく、先妻さんの四人の子供のあるお医者さんの「おっちゃん」とめぐりあい、結婚して以来、花が開いたように華やかな人になった。高い声の大阪弁でよく喋るし、服装もみるみる派手になり、顔色まで見ちがえるように若く美しくなった。それこそ、水を吸いかねていた花にたっぷり養分が与えられたように、うるおい、鮮やかに開花した。「おっちゃん」という言葉で、聖子さんの文章にはめこまれ、軽やかで楽しい大阪弁の文章は、いっそう華やかさと軽快さを増し、おっちゃんが活躍する出版したユーモラスな本は、ことごとくベストセラーになった。読者は、自分もおっちゃんの身内のような気になって、おっちゃんファンが確実に増えていく。やがておっちゃんは病気になり、開業医は止め、大庭利雄さんに負けないくらいの秘書役を専門につとめだした。車椅子に乗って、東京へでもどこへでも聖子さんの出張先についてゆく。聖子さんの出る座談会には、必ずおっちゃんも出席する。

私の聖子さんとの対談にも当然のように出席して、机に並び、座談の中に、当然のように入って意見を言う。編集部では、私と聖子さんの対談と宣伝しているので、当然、おっちゃんの高尚な御意見は印刷からはぶく。

「何で削ったの、おっちゃんのあんないい意見、何で消すの?」

聖子さんが、高い声をあげて機嫌を悪くしたのを、私は一度や二度でなく聞いたことがあった。

おっちゃんはお酒が好きなので、私はよくお相手したことがある。おっちゃんのお酒は明るくて、声が若々しくなる。

「なあ、瀬戸やん、うちの田辺聖子は、ほんまにほんまに、天才でっせ。こうゆう人こそ、天才言うんでひょうな。わしもずいぶん女の人とつきおうてきたけど、こんな天才の女は、はじめてでっせ」

呑むほどに酔うほどに「天才」の声が大きくなる。ある時、ふっと気がついたように、

「そうそう、まあ、あんさんも、天才やけど……」

どう聞いても、それはおつきあいという口調である。そんな正直さが、私には面白くて、嫌味に感じない。

聖子さんの着るものは、特別に派手になり、髪型も化粧も独特の「聖子調」が濃くなり、仕事は益々脂《あぶら》が乗り、河野さんより早く、文化勲章も手に入れてしまった。

円地さんにつづいて、聖子さんの「源氏物語」の訳が同じ出版社から出た。円地さんが、ひどく気にして、出版社の悪口を私に毎日のようにされていた。

そのうち私が責任編集する「the 寂聴」誌上で聖子さんとの対談をお願いした。聖子さんの家の近くへ私が出かけていったが、なぜかおっちゃんは見えず、秘書の人と二人で来てくれた。生憎《あいにく》雨が降り、大きな雨傘を畳んで、向いあってくれた姿が、今もありありとよみがえる。

その対談をいただいてから、十年ほどになるが、その頃以来、田辺聖子さんの軽快な文章を見なくなった。おっちゃんの噂もめっきり聞かなくなった。

大庭みな子さんは、最後までこの上なくやさしく看取られた利雄さんに守られて安らかに先に逝かれた。大庭さんは、私の源氏の宣伝をしてやってほしいと、大庭さんの親しかったサイデンステッカーさんに、電話をしてくれている最中に、突然、倒れたのだと利雄さんから聞かされて涙が出た。

ここ十年近く、聖子さんの新しい愉《たの》しい小説を見ないまま、突然逝かれたので、まだ、その死が、現実のことと身にしみてこない。玄関に入るなり、人形やぬいぐるみで一杯のあの不思議な家の中に、疳高いがやさしい聖子さんの声が、ひびいているような気がしてならない。

一番年長の私が、満九十七歳の誕生日を迎え、まだのろのろとこんな連載を書いているというのは、どうしたわけだろう。

十二

朝、目が覚めた瞬間、ああ、あれもしなければ、これも急がなければと、気ぜわしく頭の中をかけめぐるものが湧きたってきて、その緊迫感に胸がきゅんと引きしまり、今度こそ、身体じゅうの細胞がありありと目を覚すのが、かつての私の、朝の目覚めの瞬間であった。

生きて目を覚したことに、いちいち喜びや感激など、まして感謝など抱いたことはなかった。朝がくれば、生きて目を覚すのが当然と信じきっていた。これから始まる未知の一日に、何の不安も抱いたことがなかった。

満九十七年も生きてきて、この年も早くも半分以上を過してしまった。早くも膜下出血で、半年以上、ろれっていた時もあったし、脳が冒されて、自殺のまね事をして、三十分、医者の来るのが遅ければ、助からなかったと言われたこともあったし、命のかかった大手術も、一度ならず受けている。

産れた時、取りあげてくれた産婆《さんば》が、

「気の毒じゃけんど、このお子は、一年と持たないだろう」

と祖母にささやくのを耳にした母が、いとしがり、どうせ死ぬ子だからと、わがまま一杯に育てたので、ひどい偏食になり、煮豆しか食べないで、三歳ぐらいまで過したとか。

毎朝、自転車で廻ってくる煮豆屋の、らっぱの音を聞く度に、鉢を持って、表へ飛びだしていったときめきを、長じても長く体が覚えていた。

小学校の通信簿は、一年から六年まで全甲だったが、「栄養」という欄に、「丙《へい》」と書かれていて、母が何度も先生に呼び出されていた。

どれほど先生に注意されても、母の私への甘やかしは、改められることはなく、私の偏食は一向に直らなかった。

二十の時、婚約が決ったのをきっかけに、自分から断食寮の広告を見て、一ヵ月断食したのが効を奏したらしく、それ以来、体質がすっかり変ってしまった。

「思いこむと、何をしでかすかわからん」

と、母だけは私の危険性を恐れていたが、他の誰にも、体質より危い気質の激しさを気づかれることもなかった。むしろ自分自身が他人《ひと》より変った人間などと思ったこともなかった。

中国古代音楽史を研究している学者の卵だと信じた夫との、北京での新婚暮しは、人並に楽しく、女の子を恵まれた時も、安産そのものだった。

私たちの暮しは、夫が大学の講師をしているせいで、どうにか保たれていた。

戦局はその間にも激しくなり、内地との文通が、ほとんど出来なくなった。三十も過ぎている夫に、まさかと思っていた召集令状が来た。心細そうな目をした夫を、どこに行くとも知れない列車の窓に送りだして以来、私と娘とのきびしい生活が始った。なぜかその暮しの中で、私は本来の自分を日と共に、しっかり取り戻したように感じていた。

その頃、故郷の町も激しい空襲にあい、母と、たまたま見舞いに来ていた祖父が、防空壕で焼死したことも、全く知らなかった。

着のみ着のままで、まだ言葉も喋れない娘ひとりを、大切な荷物のようにかかえて夫と三人で引揚げてきた故郷の駅で、出逢った小学校のクラスメートから、それを知らされた。

「はあちゃん？　やっぱりはあちゃんやな、よう帰ったなあ、あんたとこのおかあさんなあ、お気の毒に、防空壕で、焼け死なはったんよ、おじいちゃんと一緒に！」

言われている言葉が、耳には入っても、心にひびかず、私は只《ただ》、茫然とつっ立っていた。

町はすっかり焼けきって、駅前に立つと眉山《びざん》が記憶よりずっと近くに迫っていた。

ずらりと並んだ物売りテントをかきわけて自転車が突進してくる。大きな麦わら帽子をかぶった姉の、泣き笑いの顔だった。

夫の家も焼け、夫の母は、長男一家の住む愛媛県へ行ってしまったとか。とにかく生きていると聞いただけで、夫の顔がゆるんだ。

掃いて捨てたように家々の消えてしまった町内に、父と姉が手造りで建てたというわが里の家だけが浮んでいた。あたりに何もないせいか、堂々と見える二階家だった。姉の夫は出征して、どこにいるか便りもなくなった。人の噂では、ソ連の町で見かけたということだったが、あてにならなかった。

「でも、死んではいないと思う。死んだら、夢にくらい出てくると思わん？」

気丈に言う姉の顔をまともに見ることも出来なかった。母がまつられているという仏壇の前に坐らされても、涙も出なかった。元気な頃の母の写真の笑顔が、私や娘を見て笑いかけているような気さえする。

義兄の行方さえわからない姉の家に、親子三人揃って居候することは出来なかった。焼け残った夫の友人の家の二階を借りる手つづきをして、夫は職を探しにひとり、上京した。

自分の留守の私と子供の面倒を見るようにと、夫は北京にわたる前の一年ばかり、母校の中学校で、漢文を教えた時の学生たち数人に命じて上京して行った。

夫は結婚以来、文学と無縁の暮しをしてきた私の婚前の手紙を想いだしたのか、小説家になりたいという夢のような私の憧れを忘れてはいなかったらしい。夫の選んできた教え子たちは、それぞれ、文学青年めいていた。

彼等から私の全く知らない戦後の新しい作家たちの、小説や戯曲を教えられ、私は夢中になって、それらを読みふけった。なぜ北京の新婚の生活の中で、新しい文学雑誌や、新刊の日本の小説を読まずに過せたのかと、地団駄踏む想いだった。

青い帙《ちつ》に入った中国の本は、一応夫の書棚に並んでいたが、それに読みふける夫の背を見たことはなかった。思いもかけなかった社交家で、世話好きで、客の多い夫の暮しに馴れるにつれ、未来の学者の妻になろうという私の夢も、いつか色あせてしまっていた。

夫の残して行ってくれた昔の教え子たちと、私は同人雑誌を造りはじめた。家が何代も前から、町で一番大きな紙屋の息子も居て、紙にも不自由はなかった。私は彼等との時間が増えるほど、薬でも呑んだように元気になり、自分が っていくのがわかった。

暮した歳月が、私の中から消えかけてきた。陽気で交際好きの夫のも は常に客が集ってきた。私は彼等にお茶を出し、麺をバケツ一杯、時には 杯も打つことが何よりの仕事だった。それを厭だとも辛いとも思ったことのない自分は、どうなっていたのだろう。

今、私は日本じゅうでも、美味だと定評のある、故郷の麺類に、全く食欲が湧かなくなっていた。

彼等の中で、戯曲を書く人間になりたいと云う一人に、特別の気持を抱いている自分に気がつくのに、さして時間はかからなかった。

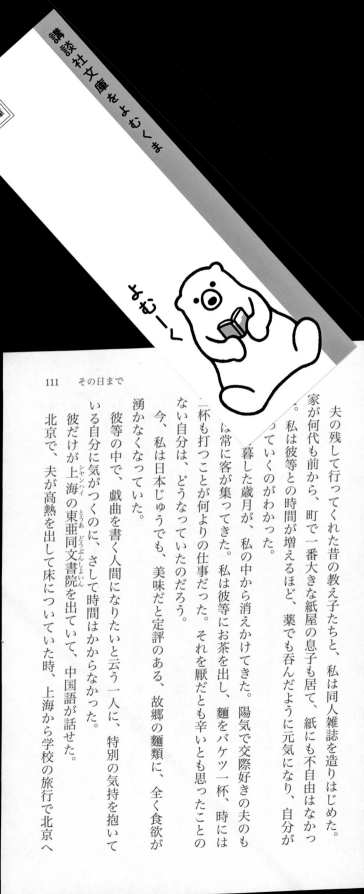

彼だけが上海《シャンハイ》の東亜《とうあ》同文書院《どうぶんしょいん》を出ていて、中国語が話せた。

北京で、夫が高熱を出して床についていた時、上海から学校の旅行で北京へ

来たという彼が、私たちのマンションへ訪ねてきたことがあった。私は閉めたドアの前に立ち、

「チブスかもしれないのよ、中に入らないで！　うわ言ばかり言ってるから会わせられないわ」

ドアの外まで病菌がにじみ出しそうに思って、私は自分の躰で、彼の躰を押し出すように廊下を入口の方へ歩いていった。ふいに若々しい男の匂いが顔を打ってきて、あわてて躰を彼から離した。短い玄関の石段の上で私は足を止め、土のむきだしの前庭に降りた彼を見送った。ふり向いた彼は、

「うつらないで下さい！　奥さん！」

奥さんという時、彼がおかしそうに笑ったのを、私は見のがさなかった。女子大時代の赤いジャンパースカートを黄色いセーターの上につけ、手入れのできていない髪を一つに編んでお下げのままの私が、およそ「奥さん」らしくないのを、その目が笑っていた。遠ざかる彼の膝までしかない靴下の白さが、彼の姿の見えなくなった後の私の目の中に、鮮やかに白々と残っていた。

表通りへ出るせまい露地の入口で、もう一度振り返った彼は、私がまだ、同じ場にぼんやり立っているのを見て、愕いたように片手をあげ、ひらひらと振って見せ、ゆっくり背をむけた。

あわてて、私も背をひるがえし、そそくさと病気の夫のうわ言を言っている部屋に入っていった。

故郷での彼との再会が、その後の私の生涯をくつがえす因《もと》になろうなど、その時、考えたこともなかった。

未熟な恋の結果は、予想もしなかった複雑な運命を招き、彼は私と別れて職場の若い女と結婚し、二人の子に恵まれた後、仕事場で、首を吊って死んでしまった。

夫も再婚して、私の残した娘を、何不自由なく育ててくれたが、娘と、再婚の妻を遺して早々と死んでいる。夫の遺志がそうしたように、私は年月を経て、娘と再会し、孫や曾孫とも今はつきあうようになっている。たぶん、夫の遺志があるとすれば、すべてその計りのなす次第なのではなかろうか。

その後、性こりもなく、つきあった男たちも、次々私を遺して、早々と死んでいった。

もうすぐ百歳を迎えようとしている私は、毎朝、生きて目を覚す度、ため息をもらしている。いつまでも死にそうもない現状は、もしかしたら罰なのではないかと思う朝がある。

自分の死を想い、いらいらするのは、夜眠る前ではなく、私は朝目覚めの前である。夢に出てくる彼等は、みんなあれ以来年を取らないので、私より揃って若々しい。

私が実母だというので、どの縁談もまとまらなかったという娘は、今や七十をこして、予想もしなかった寡婦になっている。その一人娘を産んだばかりに、今、私には三人の曾孫がいる。三人とも女の子で、なぜか揃って外国に棲み、日本語はほとんど読めないし、話せない。私の小説を読むことはまずあり得ないだろう。

私にはじめて逢うと、どの子も最初は決っておどろくが、剃髪《ていはつ》した私の頭にもすぐ馴れて、触りたがったりする。

五十一歳で出家した私は、毎月、法話をしたり、写経の日を作ったりしているが、あの世のことはいまだ一向にわかっていない。

死んで、身内や他人の誰彼に再会したいとは思わない。この世で、二度と逢えない人たちとは、あの世でも再会することはないであろう。

この世で何十年一つ家に暮したところで、人間は互いの心の隅々まで見透すことなんてあり得ない。人は生れて以来、常にひとりだと想っている。あの世でもひとりだと、釈迦もキリストもつぶやいている。愛執《あいしゅう》も怨みも、この世で生れたものは、この世で終りなのではないだろうか。

死は、何よりいさぎよい清算である。

私は今夜もまた――まだ死にそうもない――と、ぶつくさ、ひとり言をいいながら、眠りに落ちてゆくのだろう。そして、明朝、また、劫罰《ごうばつ》として目を覚すことだろう。

十三

その日の朝刊の一面に、江藤淳《えとうじゅん》の死亡記事を見た時の動揺は、あれから二十年余も過ぎた現在でも、ありありと自分の記憶の中に鮮かに残っている。

江藤さんが自殺した！　あの江藤さんが！　という愕きの中には、あんなに怜悧《れいり》な頭で、人の文学作品を冷徹に批評する人が、自殺なんて、甘いことをするだろうか、という、とっさの私の反応の中には、太宰治《だざいおさむ》の心中事件が浮んでいた。情人の、山崎富栄《やまざきとみえ》の買ってきた魚を肴《さかな》にぐでんぐでんに酔っぱらった二人の躰を、しっかり結びあって雨の激しい上水に浮いていた。

江藤淳の遺書も公表された。

「心身の不自由は進み、病苦は堪え難し。去る六月十日、脳梗塞の発作に遭いし以来の江藤淳は形骸に過ぎず。自ら処決して形骸を断ずる所以なり。乞う、諸君よ、これを諒とせられよ。
平成十一年七月二十一日
江藤　淳」

というものであったから、酔いの思いつきなどではなく、長い間考えつめたあげくの決着だったのだろう。太宰の心中は、太宰の意志というより、情人の富栄の情熱に引っ張られた心中だったのだろうといわれている。太宰はそれまでにも何度か自殺をしそこねていた。自殺は彼にとっては究極の永い念願だったのだろう。

しかし、あの冷徹な頭脳の江藤淳が、先に病死した愛妻の跡を追って自殺するなんて！

生前の江藤淳を好きでもなかったくせに、私は思いがけなく自分の受けた強い衝撃に内心とまどっていた。

自分が遅まきにものを書きはじめた頃、江藤淳はすでに若手の批評家として、同列の若い批評家の中では、群を抜いて名を知られていた。自分のしっかりした確信を、それ以上ふさわしい言葉はないと信じた文章で、書きつらねる江藤淳の文芸批評は、いつでも、どれでも、自信に裏打ちされ、堂々としていた。

小柄な、やや肥りじみた体格は、どこか子供じみていたが、その小さな体から出る言葉が、仮借のない厳密さで、ぴしぴし被文章を打ち据えていくのが、他人事《ひとごと》だと思えば、小気味よかった。万一、その刃が自分の文章に向けられることを想像しただけで怖ろしく、江藤淳の目に、自分の小説など、触れてもらいたいと思わなかった。そんな心配は必要なく、彼は私の書くものなど、一行だって気にしていないだろうと思っていた。ところがある時、親しい女性の編集者と、お茶を呑んでいて、たまたま江藤淳の話になった時、私が日頃の感懐をのべると、しっかりした口調で、そのベテランの編集者がいった。

「いいえ、あの人は活字の病気で、何でも、ほんとに活字なら何でも目を通しています。週刊誌だって、隅から隅まで読んでいます。多作なあなたの小説やエッセイを読まずにいるものですか」

と断言され、震え上ってしまった。

その頃だったろうか、小林秀雄《こばやしひでお》の講演会があり、出かけたことがあった。超満員の会が終って、出口で人のたまりの中にまじっていたら、つい近くに小林秀雄がいて、煙草《たばこ》を口にくわえた。その瞬間、身動きも難しい人込の中から、誰かがしゅっと飛び上って、ライターの焰《ほのお》を人々の頭越しに真直、小林秀雄の口の煙草に近づけ、見事に火をつけてしまった。目のくらむような一瞬の出来ごとだったが、それを思わず目にした人々が、いっせいにため息をはいたのが聞えた。誰かがすかさず拍手をし、人々がそれにつられたように拍手で追いすがった。小林秀雄は一口吸った煙草の息を、小気味よく、人々の頭上に吐きだすと、誰にともなく、

「や、ありがとう」

とつぶやいた。やんやの拍手がわきおこり、江藤さんが一番音高い拍手をしていた。

江藤さんの遺書には、最愛の妻の慶子《けいこ》さんがガンで死亡した跡を追って自殺するとある。後追いするほど仲がよかったかと思えば、一方、江藤さんは、慶子さんを、後にあざが残るほど打擲《ちょうちゃく》することも度々だったと周囲の人が証言している。それだけで二人の仲が悪かったとは決められない。慶子さんとは学生時代からつきあっていたし、美しい妻を江藤さんはまわりに自慢もしていたようである。妻の後追い自殺をするという告白も私小説のようだが、はっきり書き残している。

私は江藤さんの頭のよさは認めていたが、文芸批評は強引な気がして、あまり同意出来なかった。江藤さんの方でも私のことなど殆んど無視していたので、けんかすることもなく、おだやかにつきあっていた。しかし時がたつほど、一時のいつも肩を張ったような雰囲気がなくなり、逢うと、ふっと弱々しい笑顔が出たりする。その笑顔が、またびっくりするほどやさしくてやわらかいのであった。

その内、時折、講演で講師として、二人とも同じ会に出席することが度重り、顔を合わせると、どちらからともなく笑い合うようになっていた。

そんなある時、同じ講演者として、大きな会場に出席したことがあった。聴衆は町の人々で、中年以上の男女が会場を埋めていた。舞台の脇の待合所に、会の係りの人々の他に、初老の身だしなみのいい、しかし見るからにどこか田舎っぽい感じの男の人がいた。係りの誰かが、江藤さんの父上だと紹介してくれた。その人は、丁寧に頭をさげ、

「息子がお世話になります」

と言い、ことばと一緒にすっと私の脇に近づいてきた。舞台では江藤さんがもう講演を始めていて、その声が待合所の吾々の耳にも聞えていた。

江藤さんの父上はいっそう私に身を寄せてきて、声をひそめて、

「あのう……息子は、あんなふうに偉そうに喋っていますが、あれでよろしいんでしょうか？　聴衆の皆さん、御満足してくれているのでしょうか？」

と、訊いてこられた。心から不安でたまらないという口調だった。私は父上の耳に口を近づけていった。

「はい、江藤さんは声が大きいし、ことばは明晰《めいせき》だし、お話はいつも上等で面白いし、それはお上手なんですよ。御立派な息子さんを恵まれて、お父さま、ほんとにお幸せですわね」

「ああ、そうでしたか、あれでよろしいんで……何だか偉そうに喋ってるもんで……心配で……」

その時、聴衆がどっと笑い、一部で拍手もおこった。

「ほら……」

と、私が笑いかけると、老人はほんとうに嬉しそうな笑顔になった。

「おそくなりまして……」

やさしい女性の声が近づいた。ほうっと、あたりにいい香水の匂いがただよい、父上や私の躰を包みこんできた。ほんとうに大きな花束がそこに突然現れたように、華やかな訪問着の美しい女人がそこに立って微笑している。あまり不意のことで、私が目をまるくしていると、江藤老人が、

「淳の家内です」

と、私に紹介した。

「はじめまして……親類の結婚披露宴がありまして、江藤の代理に出席していたものですから……こんななりで……」

江藤淳夫人の慶子さんは、豪華な衣裳を恥じるように身をくねらせた。美人とは聞いていたが、ほんとうに華やかで美しい女人であった。

こんな美しい人をあざの残るまでなぐる噂もある江藤さんなど、信じられなかった。

その間に、父上は舞台近くに歩みよって、少しでも江藤さんの声を聞こうとしている。

その時、一度しか逢っていなかったが、あの印象的で華やかな美しい慶子さんが亡くなったのを悲しがり、文語調の古風な書き置きを残して、江藤淳が自殺したのは、夫人の死から一年と経っていない頃だった。

めったに仕事で逢うこともない江藤さんと、何かの会の終りに合流して、呑み会まで残られた。父上や夫人と逢ったあの時から二年もすぎていた。あれ以来はじめて身近で逢う江藤さんは、小柄な体にいきいきした精力をあふれさせて、前より若くなっていた。

笑顔がどことなく、前より柔和になっているように感じられるのは、私独りの感想だろうか。人々が次々帰り、ふと、気がつくと、大庭みな子さんと、三人になっていた。

みな子さんは、気のおけない二人と残ったせいか、酒量が益々増すらしく、何杯めかのブランデーのコップを両掌に抱き離さなかった。机をへだてた正面から江藤さんが言った。

「また、少し酒量が増えてきましたね、大丈夫かな。まだまだ書かなきゃいけないでしょ。少し、からだも大切にして……」

みな子さんは酔った時の甘えた声になって、

「いやよ！　今夜はもっと呑みたいんだから」

陽気な声で、ぴしゃっと断った。

私はその時、真正面にある江藤さんの顔が、みるみるやさしさにうるおい、目にいとしさがにじみ湧いた男の表情になっているのを、うっとりと見惚《みと》れてしまった。

――いやだ、江藤さん、あの世の人みたい――

と口に出そうなことばを、あわてて呑みこんだ。みな子さんがこれほど酔っていなかったら、みな子さんに囁《ささや》きたい想いだった。

ふっと、その時、この人、死ぬ気じゃないかしら……

という感じが胸に湧き、すぐ消えた。

テレビも新聞も江藤淳の自殺のニュースでいっぱいだった。

ものものしい文語体の遺書がくり返しテレビから流れていた。

あのやさしい父上や、華やかで美しい慶子さんと笑っている江藤淳さんの、めっきり優しくなっていた笑顔が、こちらに笑いかけているのが見えてきた。

十四

モシ、モシ、もうぐっすりおやすみ？

午前二時だもの、眠っているのが当り前でしょうね。でも、小説家って、たいてい夜なかに、厭々起きて仕事してますよね、ハイ、私もまだ眠らず、机に向っています。

「え？　バカじゃないの、早く眠りなさいよ。いい歳して」

と、あなたの大きな声が聞えそうです。ホント、九十七にもなって、まだ夜なかに仕事してるなんて、浅間しいよね。

慎太郎《しんたろう》さん、眠気覚ましに、あなたの「群像」の小説「愛の迷路」を読み、快く興奮しています。とても面白かった。一気に読みました。

「ああ、やっぱり、慎太郎さんは、生れつきの小説家だなあ！　うまいなあ！」とひとりでうなずき、ブランデーを呑み、久しぶりでいい気持になり、「ひとり」の時間を堪能しています。若いボクサーと、彼の職場の女性上司との恋物語ですが、主人公の男が天才的な新人ボクサーというのが慎太郎さん的でした。私は痛さに弱いので、拳闘《けんとう》だけは、テレビに出ていてもすぐ消してしまいます。でも、あなたのこの小説では、ワクワクしながら試合を二度観てしまいましたよ。思えば私たちの友情関係も長い年月になりましたね。二人の小説を、批評家の平野謙《ひらのけん》さんが新聞でケチョンパンにやっつけたのが縁でした。あなたは「太陽の季節」の処女作一つで輝かしいスターになっていました。私はやっと文壇に這い上って、ようやく認められかけたばかりの時でした。口惜しさと情けなさで、アパートでひとり泣いていた夜、電話が入り、「慎太郎です。瀬戸内さん、あんな批評気にすることないよ。ボカァ、きっとあんな奴、見かえしてやる作家になるからね。瀬戸内さんもがんばれ！　きっとだよ！」

と大きな声で力強く、一気に喋ってくれた時の嬉しさ！　私は何とお礼を言ったか思い出せません。あれ以来、私たちは人に知られていない親友関係がづいてきましたね。一緒に食事をしたり呑んだりしたこともない、雑誌で数えるほど対談したことくらいで、テレビに二人で出たこともない。

でも、私はあなたの書いたものは、見逃さず見てきました。

ただ、あなたが政治家になった時だけは心外で、早く止めて文士に返ってくれと、うるさく言いましたね。今度の小説の若いボクサーが常に、「自分には、これしかない」と、ボクサーとしての道にしがみついていますね。そうですよ、慎太郎さん！　政治家やめて、ホッとしたでしょう。あなたも、わたしも、これしかないのですよ。文学の道しかないように生れさせられてるのですよ。わたしはもう近く死ぬでしょう。すぐ目の前の正月がきたら、数えで九十九になるのですから……。その正月も迎えられないかもしれない。何しろ、全身かったるくて痛くて、さすがに横になっているのが一番楽です。あんなにどこへでも、外国までも、軽々動いていたのに、今ではもう、東京へも、徳島へも、乗物に乗る気がおこりません。車椅子も使わないと自慢しているけれど、車椅子に乗らなければならないほど外出もしないのです。

五十一歳で出家したけれど、それも、小説を書いてゆく芯が欲しかったからです。

出家してからも、すでに五十年近くになります。ものを書くだけで食べるようになってから七十年ほどになるかしら、もう充分です。その間、これ一筋と、外のことなどするゆとりがなかったことを、今更ながら有難かったと思っています。

慎太郎さん、よく文学に帰ってくれましたね。ほら、今度の「愛の迷路」だって、こんなに瑞々《みずみず》しいじゃありませんか。結局私たちには、この道一つしかないのですよ。平野謙さんも、おつきあいしてみれば、気のいい、一本気な方でした。少年みたいに一途で外のことが見えない方でしたね。でもあの人のおかげで、私たちは仲よくなれたのだから、恩人かもしれません。

眠りに落ちる瞬間などに、ふっと、誰かが傍に寄ってきて、低い声で、

「そらそら……想い出してよ。あの時ね……」

と囁きかけることがある。夢ではないと思うけれど、もしかしたら、もうその時は、夢の中に頭から入っていて、足首から先だけが、毛布の外へ残って、冷や冷やしているのかもしれない。

……ほら、神田《かんだ》の駅近くの小さなバーですよ。いつも閑で、バーテンも外へ出ていったり、奥で眠っていたりして、勝手知ったなじみの客が、当然のようにバーテンのいつもいる場所へ移り、勝手にハイボールなど造って呑みはじめる。一応、メモ用紙に、何を何杯呑んだかつけるのも、それを見ている同座の客の手前だけで、もしも彼等がいなければ、当然のように、メモなんかするわけはない。

そんなバーでその時間、あなたがS社の編集者と待ちあわせることを調べていて、私がそこへいきなり割りこんだのでした。想い出した？　そんなことあったでしょ。私より五分くらい遅れて入ってきて、私のいるカウンター席の隣りに腰を下ろしたあなたに、私がブランデーの水割をすすめてから、

「ほうら、見て！」

と、先日届いたばかりの、私の全集の一冊めを差し出した。

「えっ？」

と言ってその一冊を受取ったあなたは、ものも言わず、一頁ごと、そうっと開いて覗いて見ていました。しばらくして、両掌でそれを撫でながら、

「いいねえ！　こんな作家はすぐ消えるだろうと言った奴に、これで一本仇討だね、それにしてもいいねえ！　おめでとう」

そう言う様子が、小さな子が、珍しい玩具を持っているのを羨んでいるような、稚《わか》っぽい一途な表情をしているのが、あんまり可愛らしいので、私はすぐ言いましたね。

「慎太郎さんも早く全集出してもらいなさいよ」

「えっ？　どこが出してくれる？」

「何言ってるの。私よりあなたはずっと人気のある作家じゃありませんか！　どこだって出しますよ。まず、賞をくれたA社なら？」

「あっ、そう? 誰に話すの」

「係りの人でも、あなたなら、局長に直接話せば?」

「そうか、よしっ!」

まるで小さな子供のように顔を上気させるのがあどけなくて、これが売れっ子の慎太郎かと、笑ってしまいましたよ……。私の予言はすべて当り、あなたの立派な第一短篇全集がS社から賑々しく出て、大騒ぎになりましたね。

それ等を見た後で、私たちをやっつけた批評家は亡くなりました。

雑誌の「酒」が造った文壇酒徒番附で、私たちが西の大関になったのはご愛嬌でした。でも二人でお酒を酌み交したりする時間は一度もありませんでしたね。他界へ発《た》つ前に、一度くらい二人で呑みたいものですね。

慎太郎さん、やっぱり、私もあなたも、この道一つに賭けて生きてきたのですよ。あなたの小説のボクサーのように。

今となっては、私はこうして真夜中、ペンを握ったまま、原稿用紙に顔を押しつけて、息絶えたいと願っています。こちらからTELするなんて、もうしません。これからも益々元気に、まだまだ味わい深い小説をたくさん書いて下さい。寡作家が立派なんて嘘よ。多作するエネルギーのない人たちの負け惜しみですよ。

あなたは、まだまだ書ける人です。

では、お元気で。私たちの「一筋の道」に光りあれ!!

寂聴

十五

田村俊子《たむらとしこ》、岡本《おかもと》かの子《こ》、伊藤野枝《いとうのえ》、管野須賀子《かんのすがこ》、金子文子《かねこふみこ》などの生涯を書きついできた私は、自分の書いたこれらの魅力的な女性たちによって、次に書くべき更に魅力的な女性を教えられ、次々に彼女たちの生涯を追い需《もと》めるようになっていた。

彼女たちの持って生れたすばらしい個性や、豊富な才能に、書きながら、どれほど目を見張らされたかしれない。

しかし、彼女たち一人一人には、必ず、その才能を発見し、それを育てることに力を惜しまなかった男性がついていたことも晴れがましかった。

彼女たちが生れ、生きた明治十七、八年から四十年頃までに、わが国では急速にフェミニズムの思想と風潮が育っていた。

明治十八年（一八八五）七月に、わが国では初めての婦人雑誌「女学雑誌」が巌本善治《いわもとよしはる》を中心として発刊されたが、その創刊号に、巌本善治が書いている。

《西洋学者の言に、国内婦人の地位如何を見れば、以て其国文明の高下をさとるべしといえり。吾国現今の婦人を見て、日本は尚、開化せし国に非ずといわれんに、今、之を言いとくべき理なきを憾《うら》む。吾等平生いたく之に慨《がい》し、且、吾等の母、吾等の姉、吾等の妻の何故にかく世に軽しめらるべきものなるやを憂い（中略）……専《もっぱ》ら婦女改良の事に勉め希う所は、欧米の女権と吾国従来の女徳を合せて、完全の模範を作り為さんとするに在りき》

これは明治フェミニズムの先駆的な宣言であり、巌本善治はこの宣言に基いて、蓄妾《ちくしょう》廃止論、公娼制度撤廃論、婚姻条例設置論などをかかげ、一方女性礼《らい》讃《さん》を謳《うた》い「永遠の女性《イターナル・マンフット》」とか「恋愛の価値」というイデアを鼓吹《こすい》する。

たまたま、女子教育の台頭期にも当っていて、一八九四年（明二十七）には、女学校はまだ、十四校だったのが、一九一一年（明四十四）には、二百五十校を数えていて、その間には女子英学塾、東京女医学校、日本女子大学校、女子美術学校などが創立された。

同時に、急速に発展したわが国の産業界の需要によって、女工、女教師、電話交換手、女店員、女子事務員、婦人記者、女優などの職業婦人も生れてきた。

明治四十年頃には「女学世界」「新女学」「婦女界」「婦人世界」「淑女かがみ」「女子文壇」「ムラサキ」「婦人之友」「婦人評論」「世界婦人」「婦人界」「婦人画報」などが続々発刊され、「女学世界」などは発行部数七万を越えていたという。

また西欧の婦人解放思想の紹介もこの頃次第にあらわれ、一九〇四年には、堺利彦《さかいとしひこ》、幸徳秋水《こうとくしゅうすい》訳によるべーベルの「婦人問題の解決」、翌年には山口孤剣《やまぐちこけん》の「社会主義と婦人」が、一九〇七年には、堺の「婦人問題」、翌年にはエンゲルスの「男女関係の進化」が出版されている。

しかし一般の庶民の家庭では、余程教養のある家人でない限り、そんな新しい思想や主義にめざめている者は少かった。

若い住込弟子が常に十人ばかりいて、木工職人の父から技を習っていて、母は彼等の食事と洗濯で精一杯というわが家では、父や弟子の読む「キング」や「講談倶楽部」、母が取っている「婦人画報」があるくらいで、思想的な本など全くなかった。私より五歳年長の姉もまだ幼く、子供雑誌が二種類ほど運ばれてくる程度だった。

ただ、母の日常の姿が目に見えて変っていくのが目ざましかった。台所の仕事以外に、母は往来に面した店で、木材で造られる神仏具や世帯道具を商《あきな》っていたが、私の物心ついた時は、丸まげに結いあげた髪にさんごや、ひすいの玉のついたかんざしをさしていて、常に和服に自分で縫ったエプロンをしていたのが、いつの間にか髪は耳かくしという洋髪になり、毎朝髪結いが通わなくなっていた。店の仕事場の隅に旧いシンガーミシンを据え、客の来ない間に、ミシンをふみ、自分のエプロンや子供たちの服など手早く縫っていた。

客に洋髪をほめられると、照れながら、

「毎朝髪結いにかかる時間が惜しくて……この髪にしたらほんまに頭が軽うて便利ですよ」

など喋っている。

私より五歳年上の姉の小学校のクラスでは、まだ子供たちは和服姿に草履《ぞうり》ばきという生徒がほとんどだったが、姉はその中でいつも母の縫った洋服に靴をはいて通っていた。

代々庄屋の娘として産れ、何不自由ない子供時代を育った母が、十三の時、母の母に急死され、母を長女に、五人の弟妹が残された。昼間は、陽の当る部屋に寝ころがって、貸本ばかり読んでいた母は、急に母代りに四人の弟妹の面倒を見なければならなくなった。

当時、女の子は小学校を出ただけで、住込女中になったり、メリヤス工場につとめたりして、上級学校に行く子などほとんどなかった。

父は三歳の時、生家がつぶれたので、四年制の小学校を出るなり、木工職人の家に住みこみ、技を身につけた。母は、世話好きの叔母の配慮で、叔母の嫁ぎ先の借家に住みこんだ木工職人との縁談を勧められ、早々と結婚させられてしまった。

男友だちなど一人もいなかった母は、恋もなく結婚させられた父の男らしさに、すんなりつれ添って幸せになっていた。

父は大工仕事のかたわら、絵筆もとり、彫刻もうまかった。大きな「欄間《らんま》」の注文などあっても、父が絵を描き、それを彫りあげると、思わず、掌を叩きたくなった。

姉が産れ、五年あけて私が産れる頃には、年々旅立っては、新しく入ってくる父の弟子たちからも信頼され、慕われていた。

「青鞜《せいとう》」が《元始、女性は実に太陽であった》と、女性に産れた自分の女としての「生」を、高らかに謳ったのを、母は好きなラムネを飲みこむように、胸いっぱいに吸いこんでいた。その頃、何かの婦人雑誌で教えられたのだろうか、母は、私や姉に、

「子供はぶつぶつ産むんじゃないよ。育てて、充分、教育してやれるだけしか産まないこと。女だって、これからはしっかり勉強しなければ！」

とことあるごとに、囁いていた。誰に教えられたというのでもなく、母は時代を先がけるフェミニズムの洗礼を受けていたようだった。

「女でも勉強しなければ……男だけが勉強する時代は旧いんだよ。女も男に負けない人間なんだよ」

と私たち姉妹に言い暮していた。

文学の面でも「明星《みようじよう》」で、与謝野晶子《よさのあきこ》が堂々と女の愛と情熱と自由を歌いあげ、フェミニズムをあおりたてていた。

こうした社会風潮の中から生れた「青鞜」が、

《元始、女性は実に太陽であった》

と謳い、

「一人称にてのみ物書かばや。／われは女《おなご》ぞ。」

と、自己主張を高らかに歌いあげたのも、偶然ではなかった。

田村俊子、岡本かの子、伊藤野枝、管野須賀子、金子文子などの生涯を書きついできた私は、彼女たちの背後に、彼女たちを育てた男性の影を見逃すことは出来なかった。

それは、彼女たちのそれぞれの夫であり、恋人であり情人であった。

田村俊子は、田村松魚《しょうぎょ》と鈴木悦《すずきえつ》が、岡本かの子は岡本一平《いっぺい》と新田亀三《にったかめぞう》、恒松安夫《つねまつやすお》が、伊藤野枝には、辻潤《つじじゅん》と大杉栄が、管野須賀子には荒畑寒村と幸徳秋水が、金子文子には朴烈《パクヨル》が、宿命的な出逢いをし、それぞれ、因習的な道徳にこだわることなく、自由に恋をし、同棲し、結婚し、世間から様々な非難を浴びてもひるむことなく、自分の才能を開ききることだけに命をかけていた。

たとい須賀子や文子のように、大逆罪に連坐し、権力に殺されても、あるいは野枝のように、罪名さえ与えられず、無惨に虐殺されても、そのはりつめた短い生は、無為に長らえる凡俗のそれとは、比較にならない豊かで、いさぎよいものであった。

彼女たちは揃って純粋で、情熱的で、自己肯定の視点に貫かれている。

彼女たちと縁を結んだ男たちが、最期まで、彼女たちの非凡な魅力にからめとられ、その縁を一人も後悔していないのがすがすがしい。

彼女たちがこの世を去ってから、フェミニズムは益々世の中に行きわたっているし、才能ある女たちは、彼女たちの生きていた時代より、はるかに楽々と、自分の才能を育てられる世の中になっている。

アメリカ軍の空襲で、防空壕から逃げださず、あえて壕の中で焼け死んだ私の母が、生きのびていて、この今の世の、女性の自由を見たら、何と喜ぶことだろうか。

十六

今日も本や雑誌がどっさり送られてきた。スタッフの一人が、手早く包みをといて、雑誌と本を手分けして揃え、まだベッドで正体もなくぐずぐず横になったままでいる私の枕元まで運んでくる。

「今日は、リハビリの日ですよ、この前、さぼったから、今日はしっかり受けて下さいね」

わがままで聞きわけのない幼い子に言いきかすように、言葉に力をこめて言うのは、今、産休をとっている秘書のモナの妹のまみである。三人姉妹の末っ子で、まだ二十五歳。未婚。あどけない顔をしているが、結構しっかり者で、早くもモナのいない事務室で、てきぱき用をこなしている。

「それにどの社も出社しないで家で仕事をさせられるようですよ。連休もあるから、今度の原稿は、ここ三日までに下さいですって。K社のSさん、切羽詰ったみたいな声でしたよ」

「ひゃあーそんなの無理！　無理よ、できっこない！」

「無理ったって、前から引き受けてる連載でしょう」

「あなたは新米でよくわかってないのよ、これはね、S社とK社の両方に私が毎月連載してたのよ。すぐに御年九十八歳にもなるのに、二冊の文芸誌に毎月同時連載なんて危ない芸当、誰がする？　でもそれが面白いから、私はすっかり張りきってそれを引き受けて、毎月こなしてきた。そしたら両方の編集長が、私抜きで話しあって、あんな年寄にそんな無理させられないから、毎月、それぞれ代りばんこに書かせようって相談して、その案を事後承諾させようと持ってきたのよ。それ聞いたとたん、私の熱度がすっとさめてしまったわけ。書いたものがつまらないから、そろそろ書くのをひかえましょうよって言うなら、考えますよ。勝手に私抜きで向うで決めて、交互に書かせようなんて、おかしいじゃない。恩きせがましい話じゃない？　私、二人ともそれまでまあ、好きだったのよ。特にS社のYさんなんて、毎回毎回、今月はケッ作だって、持ちあげてほめちぎってくれるし、それほどじゃないと自分でわかっていても、作家なんて、いいえあたしなんてチョロイ人間だから、ほめられたら結構のぼせてしまって、「あ、そう、じゃもっとがんばらなきゃあ」って、力んでくるのよ。ま、そんな、こんなで、向うは九十七の、もうすぐ九十八歳にもなる婆さんをいたわってやらなきゃあって思ってしたことだろうけれど、日が経つにつれて、面白くなくなったの……あら、あなたにこんなぐち聞かせたってチンプンカンプンよね。これ、わたし、いよいよ呆けちゃったって言うことかしら？」

私はすっとんきょうな声をあげて笑いころげた。顔色を変えてまみが事務所へ逃げていったあと、私は彼女が置いて行った郵便物に手をのばした。とたんにさっきまでとは全く別種の興奮した声が、咽《のど》に突きあげてきた。

「ワァ！　やったあ！」

一番上にある本のカバー一杯に描かれた牡丹の花の、日本画のタッチのなつかしさに、涙がこぼれそうになった。こんな牡丹を描く人はあの人以外にあるものか、墨で縁どった満開の牡丹の花びらは、艶な牡丹色に塗られていて花芯だけが濃い黄色で彩どられていた。花は大輪だったが、少しもけばけばしさがなく、むしろ上品だ。この華麗で上品な牡丹に、私は見覚えがあった。折りたまれたカバーの裏側の隅に、小さな活字で、

カバー絵＝冬青小林勇《とうせいこばやしいさむ》、「牡丹」（スケッチ帖より）
表紙＝落款《らっかん》「冬青」（中川一政《なかがわかずまさ》より贈られる）

と、二段に刷られていた。

カバーをとると、薄緑色の渋い表紙の中央に、「冬青」をデザインした丸い落款の絵型が押しつけられていた。ずいぶん凝ったデザインだった。

さて、カバーには牡丹の絵のすき間に「小松美沙子《こまつみさこ》」「父　冬青小林勇の思い出」と鮮やかな紺《こん》色の活字が躍っている。

小松美沙子さんて、小林勇さんの娘さんでしょう、たしか。人の名前を近頃

益々忘れっぽくなった私が、奇蹟的にそう想いだした時、まるでそれに答えるように、結構持重りのする本のどこかから、一枚のいかにも上等らしい絵葉書が押し出されてきた。

牡丹と同じ筆づかいの力強いタッチで一面に描かれた絵は、黒い葉に囲われた白い花を「くちなし」と説明してある。言われなくても作者の名は、冬青小林勇と知れている。

日本ではめったにお目にかかれないような、最上等の紙のポストカードの通信欄には、小学生の優等生が力んで書いたような字が並んでいた。

「瀬戸内寂聴様　御無沙汰致しました。

私は時々テレビでお目にかかって（？）

元気をいただいております。

私も82歳になりました。そんなことを

言うと「まだ〳〵若い若い」と叱られ

そうですね。この度、折々に書かされ、

た父の思い出を一冊にまとめました。
とてもお恥しいですがお届け致します。
お目通しいただければ幸いでございます。
小松美沙子」

読み終るまでに、この頃とみに薄れかけた記憶の霧の彼方から、その人の俤《おもかげ》がはっきりと浮び上ってきた。大人になった上品で智的な女性の姿より、足の長いのびのびした少女の姿。本の中の写真でしか逢ったことのないすがすがしい少女の姿や顔が印象深いのが不思議であった。

ああ、そうだ、小林勇さんのこのお嬢ちゃんは、たしか小林さんを、非常に可愛がられていた幸田露伴《こうだろはん》が名付けた筈だった。

本の題は、『よくなりたい』で、「父　冬青小林勇の思い出」という言葉がついている。

表紙をめくると、和服の小林勇さんの大きな写真があった。時計を巻いた左腕を顎《あご》の下に添えたハンサムな男は、誰かと話しているらしく、唇を少しあけている。

すぐ背後に障子がくっきり写っている。一九七一年（十月）の写真だと印刷されている。

こみあげてくるなつかしさに、たちまち胸が一杯になった。

この写真もだが、実物の小林勇氏は、誰もが認める美男子だった。天下の岩波書店の会長までつとめあげた有名人だったが、誰に会っても愛想よく、威張った風情など見せたことはなかった。

岩波書店の岩波文庫で、少女時代から文学の大方を学びとった私は、岩波書店には仰ぎ見るような畏敬を抱きつづけていた。岩波の方では全く相手にもしてくれなかった。私は専ら、岩波の隣りに建っている小学館で仕事をもらい、物書きとしての出発をしてきた。小学校の高学年から読みはじめた外国文学は、すべて岩波文庫が教科書であった。世界の古典名作は岩波文庫から教えられた。

当時の青年たちは、読まなくてもポケットに岩波文庫の翻訳哲学書などどちらつかせて、少女たちを口説いた。およそ文学を愛する者にとっては仰ぎ見る殿堂のような岩波の、社長や会長をつとめるお偉いさんとは、見えない、さっぱりした人物が小林勇さんだった。

あるパーティの帰り道、私はその晩行動を共にしていたロシヤ文学者の湯浅《ゆあさ》芳子《よしこ》さんと、二人で建物の外に出た。後ろから声をかけられ、湯浅さんがふりむいて弾んだ声で答えた。

「あ、小林さん、つまらん会だったね、ああ、腹へったよ、何か食べよう」

気難しく、口の悪いのが定評の湯浅さんの言葉に、びくともせず落着いた態度で、小林さんは当然のように、近くのフランス料理屋へ案内してくれた。席に着いて、湯浅さんが私を紹介すると、小林さんは、

「知ってますよ、瀬戸内さんのことなら」

といった。その声を聞くなり、

「ああ、女のことなら、あんたは耳が早いんだからね」

と、湯浅さんが返しても、笑って相手にしなかった。料理は最高に美味し

く、女二人は遠慮なくむしゃむしゃ食べた。湯浅さんと一緒の時は、いつも私が支払うことになっていたので、私はその時もそのつもりでしっかり食べた後で、支払いしようとしたら、小林さんが呆れたような表情で、それを止めた。気難しやの湯浅さんが、その晩はずっと上機嫌だった。よほど小林さんを気に入っているのが察しられた。調子に乗った湯浅さんが、小林さんが銀座のバーでどんなにもてるかなど話しつづけ、

「女たらしだけじゃないのよ。文士たちの難しい爺さんたちも、みんなこの人には一ころなんだから」

と言った時、私はつい、

「女たらしじゃなくて、それは人たらしというんです」

と口をはさんだら、小林さんは声をあげて笑った。

レストランを出て、湯浅さんがどこかへ廻ると言った時、小林さんが、

「瀬戸内さんはどこ？　送ってゆきますよ」

と言われた。珍しく湯浅さんが、

「送ってもらいなさい」

と言い、タクシーで去っていった。二人で歩きだした時、小林さんにその夜の月と星の美しさを教えられ、足をとめて空を見上げたのを覚えている。結局、私たちは東京駅で別れ、送ってもらわなかった。

それ以来、私は自分の本が出る度、小林さんにも送るようになり、小林さんからも、いただくようになった。画展の案内もいただき、いつでも盛会の展覧会に出かけるようにもなっていた。送って下さる本の中で、小林さんの随筆の魅力に打たれるようになった。そのうち、珍しく封書が届いたことがあり、中からは、女持ちのきゃしゃな扇が一本出てきた。開くと、浅い墨の色の咲ききった牡丹があふれてきた。白牡丹だった。

どんなお礼の手紙を出したか覚えていない。使うのがもったいなく、私はただ眺めるだけの宝物にしている。

小松美沙子さんの『よくなりたい』という題の新著は、どの頁《ページ》からも、故父上への追慕の情があふれていて、つい、涙が出てきた。

こんな素敵な父上を持たれた娘も、こんな情の深い娘を持たれた父も、何とお幸せな親子だったのだろうと、そんなふたりと、この世でほのかな縁のあった自分の幸せも、満更ではないと想うのであった。

十七

「太宰の孫　芥川賞候補」

という見出しで、各新聞に、その記事が出たのは、二〇二〇年（令和二年）六月十六日のことであった。

第一六三回の芥川賞、直木賞の候補作の発表記事である。

芥川賞では、太宰治の孫に当る石原燃《いしはらねん》さん（48）が候補に選ばれ、写真入りで報じられていた。四年前、二〇一六年に死去した作家・津島佑子《つしまゆうこ》さんの長女だそうで、劇作家として活動しているとも報じられている。津島佑子さんの娘なら、太宰治の孫である。

無造作に顔の両脇で剪《き》ったパーマも当っていない髪型や、化粧の気配も感じられない素顔は、五十前の成熟した女性の匂いはなく、少年のようにさっぱりしている。

「まあ、渚《なぎさ》ちゃん、すっかり大人になって……」

思わず、心につぶやいた私は、あらためて、新聞の写真をつくづく眺め直した。

渚ちゃんというのは、私の勝手につけた呼名だった。はじめて彼女に逢ったのは、彼女がまだ小学生の高学年か、中学生なら、初年級くらいの時だったと覚えている。

その時、私は故郷の徳島で、徳島塾という文学塾を開いていた。文学塾は一九八二年から始めたもので、毎月一回自分の文学講座を開いたり、私が依頼して聞いてくれる作家や評論家に、講師になって貰えるよう、厚かましく頼みこんでは、来徳してもらっていた。

びっくりするような文壇の大家や人気作家が、次々、来徳してくれるので、徳島は勿論、他県でも驚いて、見学申込みが毎月増していた。

徳島塾が第二期に入った頃、私は、有名な偉い作家ばかりでなく、若い新進の作家や評論家にも来て貰いたいと考えるようになり、そう考えたとたん、頭に浮んだのが、津島佑子さんだった。

津島佑子さんは、愛人と玉川《たまがわ》上水で心中し、世間を驚倒させた人気作家太宰治の二女だった。

津島佑子さんとは何のつてもなかったが、私は以前から、ふとした縁で、太宰の代表作「斜陽」のモデルになった太田《おおた》治子《はるこ》さん母子とつながりが出来ていたので、佑子さんとも、無縁でないような親愛感を、勝手に抱いていて、頼めば来徳して貰えるような気がしていた。

治子さんに電話で相談してみたら、頼んでみたらとすんなり言う。その時の話のついでに、治子さんは、佑子さんと初めて逢った時の話をしてくれた。

二人は互いの存在を識っていたが、まだ逢ったことはなかった。時々、電話で話すようになって、ある時の電話で、何となく逢いたいわねという話になり、初対面をする約束までになった。

何月何日、渋谷《しぶや》の何とかデパートで逢おうとの約束が出来た。その日が来て、治子さんはさすがに朝から興奮して、そわそわしていた。約束のデパートに着くと、急にトイレに行きたくなり、あわてて、デパートのトイレに駈けこんだ。ドアをあけると、正面の壁に鏡があり、その下が手洗いになっている。

治子さんが、その手洗いに走りよったら、すでに一人の制服の女学生が先着して、手を洗っている。正面の壁一杯の鏡の中に二人の少女が並んで映っていた。互いにそれを見つめた時、

「あ、似てる！」

と思ったという。

「それが佑子さんとの初対面だったんです」

聞いていた私は思わず声をたてて笑ってしまった。

治子さんも笑っていた。

写真で見る限り、二人とも母似というより、面長な、鼻の高い父親に似ていた。

二人は母の違う姉妹というわけだが、それ以上親しくなった様子はない。

その後、話のついでに、私が佑子さんの発表された小説をほめると、治子さんは、幼い子供のように、唇をとがらせて、

「わかってますよ！　どうせ、せとうちさんは、はじめから佑子ちゃんがお好きなんだから……」

という。子供のようなそんなすね方が可愛らしくて、私はつい笑ってしまうのだった。

治子さん親子と、その後、まるで親類のように、私が親しくなったのは、S社の文芸雑誌の出版部の編集者Kさんのおかげだった。Kさんは出版部から、太田親子の面倒を見るように命じられていた。私の係りの編集者でもあったKさんは、その事情を私にも話していた。

初めてKさんが太田母子を訪ねた時のことを、その帰り、自分の受けた興奮の収め方がないように、私の部屋に立ち寄るなり、一気に喋っていた。

その年は格別寒気のきつい冬であった。

「この寒さの中で、あの母子の部屋には暖房機ひとつないのですよ、せまいアパートの六畳の部屋に太田さんの内職用のミシンがどんとあって、他に家具というものは何もありません。私のために、太田さん（母）が膝近くに置いてくれたのが、うず巻の電気炊飯器でしたよ。

治子ちゃんも馴れているのか、寒がってるふりはありません。色々話を聞きましたが、太宰治と死別した後、経済的にも大変な苦労をした様子でした。叔父さんの会社のまかない婦になって、安い月給で何とかやってきたそうです。お母さんのいない時、「治子ちゃんに、うちの会社から、何かプレゼントしたいから、何がいい？」と訊きましたら、ちょっと考えて、

「つ、く、え」

といいました。見れば、部屋には机がありません。今まで、ものを書く時はどうしていたのと訊きますと、ミシンの端で書いたと言うのです。涙が出そうです。早速、机を贈るつもりですが、さて、どこに置けるのかしらと、心配が増えます。

心根のやさしい太田夫人は、行けば何かと気を使ってくれるので、かえって気の毒で行きにくくなります。奥様をこんな目にあわせて、自分だけ女と心中なんかして逝った太宰は、つくづく悪い男だと思いました。「斜陽」の基になった夫人の日記も見せて貰いましたが、日記の文章が「斜陽」の小説に産れ変る時の魔法のようなものがわかり、ぞっとしました。

ぼくからは言えませんが、これ以上、小説「斜陽」と、太田さんの日記について、何も言わない方が、いいように思います。

治子ちゃんが、舞台に立ちたがったりするのも、太宰の遺伝でしょうか。園子さんもそうですが、治子ちゃんは、自分の経験したことや、感じたことを第三者に喋るのが実に上手ですね。これは父親より母親の遺伝のような気がします。つい長く喋りすぎました。訊き上手というのも、凄い才能のひとつですね。ではまた」

デパートから置きこたつが届いた。差出人は母の名になっていたが、Kさんに決っている。案の定、着きましたかと、Kさんから電話がかかってきた。ピンクと水色の絞り模様のかけふとんが可愛いというと、

「ぼくの親友が結婚したので、そのお祝いだといって、デパートの売り子さんに選んでもらったのですよ」

と笑っている。机がわりにもなるのでとても便利。足をいれていたらすぐ眠くなってしまう。半分眠りながら聞いていた。母の声――あの人が亡くなった晩、私は彼が死ぬのをはっきり感じていましたよ。治子が、あの晩、それはひどく哭《な》いて、どんなにあやしても、哭きやまないのです。その泣き方が異常で、途中で、はっと気がつきました。ふたりで死んだとはまさか思いつかなかったけれど、あの人が、死んだことは確実だと私にはわかりました。

はじめて聞く母の話だったけれど、私もそれを何か感じていたような気が、ずっとしていた。赤ちゃんだった私が、そんなこと感じる筈はあり得ないのに。佑子さんに訊いてみたかったけれど、いつもそれを言いかけては、舌にひっかかって声が出なくなってしまった。

そこしかない三鷹《みたか》の駅前通りのすし屋に、あの晩、あの女が遅くやってきて、うなぎの肝をあるだけ買って行ったそうだ。

「そんなに今から精力つけてどうするんだね」

って云ったら、あの人が、

「今夜は、うんと、うんと、精力つける必要があるのよ」と、高笑いしてました。

「それでその代金は、貰い損ねてね。結局、香典になっちゃったよ」

「よく降ったよね、あの晩……」

聞いていた客の誰かが云った。

その年の暮、Kさんが、出張先のアメリカで、交通事故に遭い亡くなった。

母の仕事場の叔父の会社のまかない場へ告げにいったら、私からそれを聞き、電報をたしかめるなり、うっ、とうめいて、母は気を失ってしまった。

病院で気が戻ったが、母はまるで別人のようにぼうっとしていた。一ヵ月程、母の正気は戻らなかった。

それほど、Kさんの親切に慰められていたのかと、遅まきながら気がつくと、母が可哀想で涙が止まらなくなってしまった。

あれ以来、母はめったに笑わなくなってしまった。

父と一緒に死んだ女は、墓にも一緒に入れてくれと遺言書を残していたが、奥様の美知子《みちこ》さんは無視して、三鷹の禅林寺《ぜんりんじ》の父の墓は、ごく普通の大きさの一人墓だった。目の前に偶然、父の尊敬していた森鷗外《もりおうがい》の堂々とした墓があったのには、父はどんなに悦《よろこ》んだことだろう。

いつ行っても、父の墓の前には、煙草や酒やお菓子が山のようにあふれている。毎年の命日には、この墓にお詣りするファンたちが集り、「桜桃忌《おうとうき》」と称する追悼会が行われている。私は、はじめ二回ほどは出席したが、その後はずっと失礼している。墓詣りを忘れるな、など娘に言えた父でもないだろう。

父が死んで、何ヵ月か経った頃、父のごく親しくしていた作家たちが四、五人、改まった衣服で、母の所にやってきた。

「今日は、あんまり嬉しい使いじゃないのだけれど、断われない人に頼まれたので、揃って参りました」と前置をのべ、父の死後の私たち親子のこれからの生活について、父の正妻の津島美知子さんからの申し出を報告した。美知子さんの言い分は、今後一切、太田静子《しずこ》は太宰のことを書かないこと、それが約束出来れば、治子は美知子さんが引きとって、育ててゆくというのであった。それに対し、母は、太宰のことを一切書かないことは、自分にとって不可能である。また治子を自分の手から離すことも、不可能である。従って、美知子の言い分には何も従えないと断言した。それで使いに来た作家たちは、すごすご引き上げていったとか。

「徳島に講演に来て欲しい」という私の申し出に快諾してくれた津島佑子さんは、条件として家族連れを希望した。私は勿論それを快諾した。その時、駅へ迎えに行った私は、津島佑子さんの体にまつわりついたような五つくらいの幼い男の子と、小学生とも中学生とも見える落着いた少女を、佑子さんの両脇に認めた。幼い少年は、母の体にしがみついたままプラットホームを歩き、その間ずっと横目で私を見つめていた。少女は黙って、荷物を母から奪うようにして、自分で持とうとしていた。私はすぐその荷物を、ついてきた文学塾の生徒たちに持たせ、遠来の客を守るようにして改札口へ歩いていった。駅につづいたホテルの受付で、私が手つづきをしようとした時、その時まで、静かにしていた男の子が、奇声を発したかと思うと、どっと胸からものを吐き出し、脚を濡らしていた。あわてた女子駅員と、文学塾の迎えの生徒たちが、手早くその子の軀を洗い、着がえさせて、きれいにした。子供はされるままになり、おとなしかったが、みんなが、きれいになったその子の軀から手を引くのを待ちかねていたように、うつむいて汚れた床を拭いている私の頭を、ポンポンと、両手で叩きだした。

「だめ！　何をするのよ！」

と声をだしたのは、男の子の姉の少女だった。

「だって、おもしろいんだもの、なぜ、このひと、髪ないの？」

わたしは、小さな柔かな彼の掌を取り、私の坊主頭を何度も撫でさせた。

「お坊さんになったから、髪を剃ってしまったの、ほら、お寺のお坊さん、みんな髪ないでしょ」

幼い子は、はじめて納得したような顔になり、また、そうっと、私の頭を撫で直した。体調も気分もみなの手当で、すっかりよくなったようであった。

その間、彼の母親の津島佑子さんは、人々の固りから逃れるように、身を離し、ぼんやり立ちっ放しで、何一つ、手を下そうとはしなかった。子供の誰を叱るでもなく、自分の代りに、床を洗ったり、汚れた子供の衣類を片づけたりしている人々の動きに目を留める様子でもなかった。母よりはずっと、しっかりして見える少女は、香以《かい》という名前だということもわかってきた。誰かが、その間、ぼうっと立っているだけの津島佑子さんを、いかにも天才らしいと囁いている。それを聞いた別の誰かが、何もしないのが天才なら、私も今日から天才になりたいと言って、まわりを笑わせていた。

しかし、翌日の佑子さんの「斜陽」に関した講演は、別人のように鮮やかで、魅力にあふれていた。

それから二年もたたず、あの可愛らしい少年が、風呂場で急死したとニュースになった。祖父の太宰治が水死したので、家族じゅうで格別水には注意していたのに、孫まで水死したのは傷ましいと、人々の同情が集っていた。

治子さんとは、ずっと手紙や電話で連絡がつづき、親しさがつづいていたが、互いに年と共に忙しくなり、めったに逢うこともなくなった。結婚して一女をもうけたことも噂に聞いていたが、その夫と別れたという話も、噂として聞くだけで、昔のように、身の上相談に寄るようなことはなくなっていた。結婚も出産も離婚も、ニュースの一つとして、マスコミから識らされるようになっていた。それでも、ふっと、可愛らしい鉢植の花や、外国の旅の土産《みやげ》といって、小さなタイルの壁掛けなどが届くと、「ああ、治子ちゃん！」と、電話を掛けずにはいられなくなった。

数え九十九歳にもなった私は、今夜死んでもおかしくない。全身あらゆる所が痛いと言いながら、しっかり食べて、人の何倍もぐっすり寝こんでいる。これではまだ何年も死にそうにも思えない。人に逢えば、

「これがお目にかかる最後かも」

などと言って、相手をあわてさせて喜んでいる。

十八

連日、三十八度とか三十九度の日がつづいている。

庭に木が多く、よそより涼しい寂庵も、毎日、うだるような暑さで、私は家の中から庭にさえ出ようとはしない。人もさっぱり来ない。来てくれては困るので、この状態をいい都合にして、こちらから電話もかけない。毎日、死ぬ時の様子を空想しては、涼しがっているが、それも、度重なると珍しくはなくなる。

遺言は何度も書き直したが、始終気が変るので、更に書き直しばかりで、一向に決定書が出来上らない。

それも、もう最近では、どうでもよくなってきた。

自分の死んだ後のことまで案じるのは、バカバカしいと思えてきた。

夫の家を出た時、真冬にオーバーもない着のみ着のまま、一円の金銭もなしだったことを思いおこせば、現在のささやかとは言えない自力で造った物や金銭も、現実感に薄く、受取るひとり娘が、それを、どう処分しようが気にはしていない。

宗教法人になっている寂庵の行方も、案じたらきりがない。誰も生きていた私のように、無料の法話で人を一時に、千人も呼べないだろうし、寺院としての経営は、とうてい、やっていけないだろうと思う。

それも、もう案じなくなった。

自分の死後には、書いたものだけが残ってくれれば有難いだけだ。しかし死後、これといって果してどの自作品が残ってくれるかと考えてみたら、われ乍《なが》ら頼りない。

この程度の結果を見るため、家庭や、夫や子供を、捨ててきたのかと思うと、彼等に申しわけない気持だけが、今更強く残ってくる。

人間は、自分の意志でなく、この世に送りだされて、限られた寿命だけの歳月を送り、何に満足して、死んでゆくのであろう。

「好きなことが、才能」だと、近頃、私の口癖にしているが、好きなことを才能として、活かして生きることは、並大抵のことではない。自分の真似をしろとは、恐ろしくて言えない。

戦争も、引揚げも、おおよその昔、一通りの苦労は人並にしてきたが、そんな苦労は、九十九年生きた果には、たいしたこととも思えない。人間の苦労は究極のところ、心の中に無限に死ぬまで湧きつづける苦痛が、最高ではないだろうか。

生きた喜びというものもまた、身に残された資産や、受けた栄誉ではなく、心の奥深くにひとりで感得《かんとく》してきた、ほのかな愛の記憶だけかもしれない。

結局、人は、人を愛するために、愛されるために、この世に送りだされたのだと最期に信じる。それを証明するために、また守るために、宗教を人間は思いついたのだろう。

充分、いや、十二分に私はこの世を生き通してきた。

来世はもうこの世に生れたくない。全く別な苦労や愛の待ち受けている未知の気球に生れてみたい。遺言も書ききれていないのに、次に生きる気球を夢みているのもこっけいではある。

九十九歳とは何と長い、そして何と短い時間であっただろう。

長い歳月、親しんだ友の大方が、すでに亡くなっている。その娘や息子とのつきあいが深くなっているが、決して彼等は、死んだ親たちの代りではない。自分の曾孫も三人出来ているが、三人とも英語やタイ語しか話さないので、心が通いあわない。

自分の血をついだこの人間たちが、今後どういう人世を生きてゆくのか、深く考えてみたこともない。百歳近く生きつづけて、最も大切なことは、自分の生きざまの終りを見とどけることだけであった。

死ぬまで私は、自分勝手な、ひとりよがりの我が儘人間であることだろう。

大方、百年の生きた歳月には、戦争も引揚げも経験した。肉親を戦死させなかった更《かわ》りに、母と祖父を防空壕で焼死させている。町内のすべての人が山際の寺の広い境内に逃げて助かっているのに、母と祖父の二人だけが逃げ遅れた。いや、あえて逃げなかったのだ。母は空襲が激しくなった時、

「四国のこんな片田舎の町まで空襲にあうようでは、この戦争は負けだね」

と口癖につぶやいていたという。

町内の人々を逃す役をつとめていた父が、すべての人々を避難所の寺に送りこんだ後、姿の見えない妻とその父を探しに、家の防空壕にたどりついた時、母は手をさしのべて逃げろとうながす父の胸を激しく突きとばし、

「私はここで死にます。お父さん、早よう行って町内の人を守ってあげなさい」

と叫んだという。母と祖父が焼死して数年後、父から聞いたその夜の話であった。

父がその存在を案じきっていた銀行の証券などは、母が蚊帳《かや》に包みこんで躰の下に敷きこみ、すべて残りなく扶《まも》ったとか。そんな場合、蚊帳に包むことが

最好の処置だなど、私は、その時、はじめて覚えた。

父が、それが見つかるまで、死んだ妻とその父の死体の傍らで、まだ見つからなかったそれ等宝物の存在だけを気にしたふうに、その居所を探して、うろたえていたなど、さげすんでいう悪口も、戦後、北京から帰ってから度々、耳にした。義兄の出征中義兄の里へ二人の子供と疎開していた私の姉が、三時間半、自転車をこぎつづけて母と祖父の焼死した防空壕の前の人だかりにたどりついて、自転車を降りるなり、

「おにぎりはない？」

と握り飯を要求したということを、まるで不都合な言動のように、けなしているのを聞かされた。道の悪い三時間半を、はるか前方の空の焔《ほのお》の赤さだけを見つめてものも考えられず走りつづけてきた姉の第一声が、握り飯を需《もと》めて、どうして非難されるのだろう。

戦後、北京から命からがら引揚げてきた私に、聞かされた話は、そうした納得のいかないことが多かった。

防空壕で焼け死んだ母の遺体は死様《しにざま》が異常だから常に空中に漂っていて、まだ仏になれていないなど、わざわざ言ってくる拝み屋の老婆もいた。

私は空を仰ぐ度、白い雲の漂うのを見つけては、そこに眠っているかもしれない母の遺体を想い描いて、しばらく心を和ませるのであった。

二人姉妹の下の娘だった私は、母に甘やかされきり、小学校に上っても、まだ夜毎、母の大きな乳房をいじりながらでないと眠れなかった。絹の袋のような、たっぷりした乳房は、どこをさわっても柔かく、しなやかで、心持がよかった。

背中は黒こげになっていたという母の遺体の腹側の方は、祖父の背を抱きしめていたので、焼けずに、ぞっとするほど白かったという見た人の話を、私は聞きのがしていなかった。

大きな袋のような乳房も、もしかしたら焼けずに白々と残っていたかもしれない。しかし、それを訊くような雰囲気ではなかったし、そんな話をしてくれる人もいなかった。

母は晩年、気の合わなくなっていた父と姉のもとから北京に嫁入り以後棲んでいる私の所に来ようとして、北京で中国の娘に教える織物の機械や糸を、秘かに買いためていた。荷物の中には、幼稚園の服と靴など、「ミチ子ちゃん」と名札のついた品がいっぱい行李《こうり》につめこまれていた。服はすべてステープルファイバーであり、靴はみな、豚革であった。

ついに北京に届かなかったそれらの品に、涙をあふれさせながら、私は何日も母をひそかにしのんでいた。

なぜか母だけは、私が小学生の頃から、将来、私が小説家になることを信じきり、夢みていた。

もし私が百歳近くまで生きのびた意味があるとすれば、九十九歳まで小説家として、この様な原稿をまだ文芸誌に書かせてもらっている事実であろうか。

十九

大方、百年も生きたこの世で、めぐり逢った人の中で、逢えてほんとによかったと思う人は、案外数えるほどしかいないものだ。

仲が好《よ》すぎたら、かえっていざこざが生れて、いい想い出ばかりで終らないことも多い。

長い作家生活のおかげで、文豪といわれる小説の大家にも、ずいぶんお目にかかったし、格別親しくおつきあいいただいた作家方も、幾人かあげることができる。

そういう方々は、それぞれ個性が強くて、ちょっとした会話や動作にも、普通の人とは違う面が多くて、忘れられないことが多い。それらをすべて書きとめておくべきなのに、ついつい、自分の命がまだまだ続くものと考えていて、そのうちにと思っていたら、もう自分の死が目前に迫ってしまっていて、今更、あわてても間に合わないことが多い。

折にふれ、それらの方々の想い出を書いたものもあるが、多くは、自分ひとりの想い出の中に記憶されているだけのことが多い。自分の死が目前に迫った今頃になって、あれもこれも書き残しておくべきだったとあわてているが、それは私の死までにはもう間に合わない。

最近、衝撃的な死に方をした三島由紀夫《みしまゆきお》さんの、死後五十年とかで、改めて三島さんの異常な死に方が新聞やテレビで報道し直されている。

私が三島さんに、ファンレターなるものを初めて出したのは、彼が川端康成《かわばたやすなり》さんの推薦で、短編を発表し、たちまちその名筆ぶりが話題になり、三島由紀夫の名前が、輝しい光りに包まれて、世に歩みだした時であった。

その頃、私は子供もあるおだやかな家庭を飛びだし、京都の友人の下宿に転りこんで先のあてもない生活に入った時であった。友人の世話で、小さな出版社に転りこみ、何とか暮しをたてたばかりであった。出版社は入ったと思ったらすぐつぶれ、その社長の世話で京大病院の研究室に職を得て、毎日、試験管やシャーレの洗い物をしたり、研究用のねずみの世話をしたりして暮していた。程なく図書室に廻されて、終日、誰も来ない図書室で一人番をする役目になった。余り暇なので、私はほんの想いつきで、最近雑誌で読んだばかりの三島由紀夫にあて、生れて初めてのファンレターを出してみた。想いがけずすぐ返事が来た。しっかりした文字のその手紙には、

「自分はファンレターには返事を書かない主義だが、あなたの手紙は、あんまりおもしろかったので、返事を書く気になった」

とあった。それから、私たちの間には手紙のやりとりがつづき、彼は必ず私の手紙に返事を書いてくれた。

私は調子に乗って、少女小説の懸賞で当てたいからペンネームを考えてくれと、五つばかり、自分で考えた名前を書いて送ると、その中の三谷晴美というのに二重丸をつけて返してくれた。その名で出した少女小説は見事選に入り、

生れて初めての原稿料が入ってきた。

「こういう時は、名付親にお礼をするものですよ」

という手紙が来た。私は考えぬいて、彼が好きだと、何かに書いてあったピースの缶入りを三つ買って贈った。三島さんからはすぐ、

「何よりのものをありがとう、でもこれは、世間にはナイショにネ」

と返事が来た。そうして私たちの往復の手紙は、ずっとつづいた。私が京都から上京して、三鷹の禅林寺の側の荒物《あらもの》屋の下宿に棲んでからもつづいた。

思いきって小説を書いて送ったら、

「あなたの手紙はあんなに面白いのに、この小説は何とつまらないのだろう。自分の才能に目覚めなさい」

とけちょんぱんで、おびえた私はもう一行も作品めいたものは送れなくなった。私がその後、どこへ引越しても文通はつづいていた。

ある時、東京女子大の英文科の先輩が私に声をかけてくれ、

「三島さんのところに仕事で行くことになったけれど、彼があなたをつれてお

いでと言うのよ、行く？」

と訊く。私は喜んで彼女にくっついて行った。下町のたてこんだ家並のこぢんまりした家だった。私たちは玄関脇の三畳の部屋に通され、やがて奥から三島さんが白地の絣《かすり》の着物を着て現われた。私はその顔を仰いだとたん、

「あ、これが天才の目だ！」

と心に叫んだ。青白い顔に目だけが燃えるように輝いていて、獣の目のように光っていた。私は初めて見る天才の目に見惚《みと》れて大きな息も出来なかった。それが初対面で、その後、私は彼の芝居に誘われたり、いい芝居だから見ておくようにと、古典的な歌舞伎に誘われたりするようになった。たいてい、母上か、弟さんが一緒に来ておられて、私は家族の一人のように扱われた。三島さんは母上にも弟さんにも優しく、いい家族ぶりを発揮していた。

その頃からだろうか、肉体改造をするため、ボディビルを始めたというニュースが度々雑誌に載るようになった。たしかにきゃしゃな細っそりしていた三島さんの肉体は、見るからにがっちりした軀つきに変っていった。それにつれ

て、声も大きく野太くなり、笑い声も、

「わっはっはっ……」

という調子になった。動作も男らしく勇ましくなった。

その後、竹西寛子《たけにしひろこ》さんと私と三島さんの三人で、源氏物語について座談会をすることがあった。その日、久しぶりで同坐した三島さんは別人のようにたくましく堂々とした軀つきになっていて、声まで、太く大きく男らしかった。別人のように大食になり、食事は大きく厚い焼肉を二枚から始め、それをあっという間に平げると、更に二枚を注文した。大食ぶりと快食ぶりは目を見張るものであった。服の袖をまくって見せてくれた腕も、別人のようにたくましかった。もっと、もっと、強くするんだと、胸を叩いて私たちをびっくりさせた。そこに居たのは私たちの知っているあの繊細な三島さんとは全く別人であった。

「もっと、もっと、強くする！」

と、三島さんは心地よさそうに私たちに告げた。私と竹西さんは次第に言葉が少くなり、呆れた顔で、なじまない三島さんをぼうっと見つめるばかりだった。

三島さんはその会の後、また訓練に行くと、勇んで部屋を出て行った。

「川端先生も、とても心配していらっしゃるんですよ」

私たちを今日の会に連れてきた編集者が口ごもりながら、そんなことをつぶやいた。

それから何年か経った頃、私と同じマンションの一部屋に月曜から金曜まで泊りこみ、源氏物語の現代語訳の総仕上げをしている円地文子さんが私を誘った。

「さあ、紋付きに着かえて！　川端さんにノーベル賞が来たそうだから、お祝いに鎌倉のお宅へ行きましょ、こういう時は、行くものですよ」

私は殆んど円地さんの命令で身仕度して祝いの品を整え、二人で鎌倉の川端家へ出かけた。道中、円地さんは、その賞が三島さんから川端さんに移った次第をくわしく説明してくれた。円地さんのいう外国人の選者の名前などがさっぱり頭に入らず、私は只《ただ》、聞き流していた。

鎌倉の川端家には、広い日本間に一杯の人が、すでに集っていた。川端さんは、次々目の前に来て祝辞を述べる人々にうなずきながら、機嫌のいい表情をしていた。たいていの出版社の社長や編集長がそこに集っていた。

ざわついた一座が一瞬しんとした。人々がいっせいに部屋の入口の方に視線をむけると、脇に何か包みをかかえた三島由紀夫さんが硬《こわ》ばった表情でまっ直ぐ前方の川端さんだけを見つめて部屋を歩いてきた。水を打ったようにしんとした空気の中に、三島さんの大股の動きだけが際立っていた。脇にかかえた洋酒らしい包みを両掌で押しながら進んで来た三島さんは川端さんの前にひざまずくと、脇の物をさし出し、

「この度はおめでとうございます」

と、小学生が本を読むような声をだした。

「や、今度はどうも、私にくれてもらいましょう」

川端さんが、はっきりした口調でいい、三島さんは、それには答えず、深い

お辞儀だけした。あたりはしんとして、誰の声も息も聞えなかった。何か真剣勝負の場に臨んだような緊張で、私はこまかく身震いした。その場の緊張を破ったのは、いつの間にか、川端さんの背後にひかえていた夫人だった。

「これはどうも……」

といいながら、三島さんのさし出した包みを受けとり、それを運ぶのが大事なことのように、すっと立ち上って部屋を出ていった。

空気が揺れ、人々がゆっくり息をし直した。

しばらくすると、川端さんが私を見て、

「いつまで居るんだ？　早く引きあげなさい」

という冷い表情をした。私はあわてて、円地さんの膝をつつき、その場を立ち上った。

帰りの電車に乗るなり、円地さんが興奮した声をだした。

「ね、見た？　あの夫人のダイヤ、凄いわね、あれは本物よ、普段は銀行に預けてあるの、今日はノーベル賞だからね、本物の御品よ」

「三島さん、怖い顔してましたね」

「そりゃ、色々あるでしょう、今度の賞は三島さんだと、みんな思ってたんだから……」

「色々難しいんですね」

「そう、色々ね」

「女の人はもらえないんですか？　たとえば先生など」

「この国はまだまだね」

「先生は川端さんの授賞式にいらっしゃるんですか？」

「誰が行くものですか！　三島さんだって行かないでしょう」

「はあ、そんなものですか」

「そんなものよ！」

ふたりは声を合わせて笑った。

三島さんの死んだ事件のテレビを、私は京都の家で観た。客が一人いたが、手伝いの少女に言われて、テレビの前にあわてて坐った。

すべては芝居のようで、現実のことと思えなかった。ため息も出なかった。

「何ということを！　何ということを！」

ただ、それだけを胸一杯にくり返していた。

気がつくと涙が顔じゅうを濡らし、首から胸に落ちていた。

三日前、大阪へ来ないかと三島さんから電話が入ったのに、行けなかったことが、くやしくて胸が迫った。

「ちょっと話があるんだけど……」

そうつぶやいた三島さんの声の妙に明るい調子も思い出されてきた。

もしあの時、出かけていたら、どんな話が聞かされたのだろうか。

あの事件から五十年の歳月が流れている。

あの時、四十八歳だった私は、三年後、出家して、髪を落としている。誰にも話さず、どこにも書いて来なかったが、髪のなくなった小坊主のような私の顔を、三島さんに見せて、大声で笑って欲しかったと思った一瞬があった。

五十年、テレビのあの日の三島さんは、五十年の歳月の後もなく、さわやかに叫んでいる。誰も本気で聞いてくれていない兵たちに向かい、空しい声をバルコニーから懸命にはりあげている。

五十年の歳月。私は今や数え九十九歳になっている。三島さんが生きていたら――。

二十

欄間

拝啓
始めてお便り致します。怪しい者ではありませんが、名を申しあげたところで、あなたさまの御記憶にはない筈です。
そんな私の突然の贈物を、どうか気味悪がらずに御受領下さいませ。私はあなたさまの故郷の××村に棲む、名も才能もない一人の染色士です。
毎日、朝早くから、夜遅くまで、藍に自分の軀まで染めて、染物をしております。何人か、弟子らしき者もいた筈ですが、いつの間にか、一人、二人と居なくなり、今はSという男の子が、弟子みたいに居ついてしまって、私の染色の手助けをしています。

気儘に暮せるというだけが取柄の、その日暮しの頼りない身の上ですが、家邸が、先祖代々の持ち物のせいで、どうにか二人で食べていけます。

お送りしたすだちを包んだ大ふろしき（スカーフにも、テーブルクロスにも、小窓のカーテンにもなる）のような染物を、時々、町の藍染屋へ卸しては、手許の出費を片づけています。

熱心なファンのような人たちも、いつの間にかついていて、私の仕事を待ってくれているようになり、気がつけば、誰にもさまたげられない自由勝手な暮しを愉しんでおります。

あなたさまの童話のようなたどたどしい（失礼）詩や小説が好きで、小学六年生の夏休みからずっと読んでいます。

母はあなたさまの小説を、次々買ってきて、こっそり読んでいるのに、私には、まだ早いとか云って、読ませまいとします。

「何が早いの？」

「性描写が多いし、それがちょっと……」

何だかむにゃむにゃと言ってごまかします。自分があなたさまの小説を、どの作家のものより愛読してるのも、そこが魅力になっているのに、と、私もにやにやして、その場をごまかします。私は本好きの母にならって、早くから字を覚え、小学生の三年生頃には、母の毎月買っている婦人雑誌のあちこちをこっそり読んでいました。

身の上相談が一番わかり易く、読み易いのでしたが、きれいなさし絵のついた連載物の小説なども、読むようになっていました。

評判のよい連載物の小説でも、性描写などほとんどないのに、それがあっていい場所にさしかかると、胸の中がさわさわして落着かなくなるのです。

そんな自分を、なぜか私は恥しく、人にかくしたいと思いこんでいました。

父は指物職人でしたが、頼まれれば家も建てたり、その頃、どの学校にもあった御真影奉安殿《ほうあんでん》を建てたりするのが自慢の仕事でした。けれども一番、父の好きな仕事は彫刻をすることでした。後年、神仏具を商う店を持つようになるまでに、木造の仏像や神像を夜遅くまで、背をまるめて彫りつづけていました。その横で私は寝床から、そんな姿を眺めながらいつの間にか眠ってしまうのでした。甘えんぼの私は六つになっても母の乳房をいじりながらでないと眠られないのでした。母は器量はさほどではないけれど、裸になれば、全身にすきとおるような白い肉がたっぷりとつき、その触り心地の好さに、それを表現することばをまだ持たない幼い私が焦《じ》れ焦れするほど、喉もとまで快感が這い登ってくるのでした。たっぷりして、胸元いっぱいに垂れた乳房の心地よい弾力や、なめらかさを、幼い私は他者に伝えることばを知らないのがもどかしくて、からだを焦れったくゆするばかりでした。小さな私の掌や指が、母の乳房をどういじろうがつねろうが、母はうっとりと襲ってきた眠りを、払いのけようとはしないのでした。すると私は、母より一刻でも速く眠らないと、何か、バチが当るような気がして、一気に眠りの中へ全身を投げだし、泳ぎきるのでした。

そうして、いつものように眠りに落ちた時、誰かの悲鳴に眠りを覚まされました。半分眠りの中に捕えられている私の耳に、つづいてなだれこんでくるのは、母の悲鳴でした。驚いて、母の寝床の方を見ると、母の上に父が乗り移って、母は切なそうな泣き声をあげ、

「ああ、もう…かんにん……おとうさん、かんにん……」

と身をもんで、切ない泣き声をあげています。それでも、父は母を許そうとはせず、身もだえする母を、いっそう苛めている様子です。私は飛び起きて、母の側に走りより、父にしがみつき、

「やめて！　やめて！　かあちゃんをいじめないで！」

と、父を全身で突き飛ばそうと脚にしがみつくのでした。その後のことは、全く覚えていません。あれは、夢だったのかしらと、ひそかに思いだすことがありましたが、母にも父にも、その夜のことは一度も話しかけたことはありませんでした。

五十一歳で、母は防空壕で焼死し、それを苦に病んで、父は別人のように病

弱になり、果は、私が冗談のつもりで、死んで、くれるつもりのお金があるなら、今、欲しいなど、甘えて言ったのを、真に受けて、隣県から廻ってきた灸《きゅう》の一座にかかり、頭のてっぺんに、もぐさを置かれ、火をつけられた瞬間に、倒れてほとんど即死しています。

私の手紙が父を殺したのだと、日頃おとなしい姉が、気が狂ったように、私につかみかかり、泣いて責められたのに、私は返すことばもなく、涙も出ず、気がぬけたように、つっ立っているばかりでした。

姉もガンにかかり、六十なかばに両親のもとに去ってしまいました。五十一歳で出家した私の髪をおろす場に、ひとり肉親としてつきそっていた姉は、いよいよ私の髪に鋏《はさみ》が入った時、上体を畳の上に倒して、両手で畳を叩き、号泣しました。その計画を、電話で告げた時、一瞬の間もおかず、

「ああ、いい身の収め時ね！」

と、明るい声を出した同じ人とは思えない、悲痛な泣き声でした。

短命な肉親の中で、私ひとり、九十九歳のこの春まで、生き長らえているの

は、これこそが、罪深い私への劫罰《ごうばつ》なのでしょうか。

ついこの間、見知らぬ郷里の方から、大きな贈り物が届きました。

「私は、あなたさまと同郷の者です。藍畑で生れたせいか、若い時から藍が好きで、ついに藍染を生涯の仕事に選んでいます。私の仕事場になった生家の近所のお宅の離れに、お父上さまの彫られた欄間があり、大切に扱われております。寂聴さまのお父上の作品ということで、自慢のようです。本日、さしでがましい乍ら、写真をとらせてもらったものを寂庵へお送り致します。何日も泊りがけで、おひとりで彫って下さったものだそうです。お納め下さいましたらお父上様の御霊《みたま》も、お喜び下さることでしょう」

荷を解くと、日本紙に写した実物大の欄間の写真が出てきた。早速出入りの大工に板に張りつけて貰って、食堂の壁にかかげてみた。

竹に雀のいる図柄がさっぱりして好ましかった。まるで本物のようで、見上げている間に、両眼に涙があふれてきた。

自分で描いた絵を彫る欄間を造る時の、肉の薄い父の背中が、目の中一杯にあふれてきた。

題もわからない。私は、「竹と雀」として安堵した。初めてそれを見上げた人は必ず本物だと思うのが面白かった。

こんな形で自分の彫った欄間が、私の日常にしみついてきたことを、父の霊は、あの照れくさそうな笑い顔で、喜んでくれているだろうか。

「題は？」

集ってきた寂庵のスタッフたちがつぶやく。

「竹と雀」

「わあ、平凡！」

「さっぱりしていい」

口々の言葉をまとめて、結局「竹と雀」になった。雀が、一声鳴いて、ぴゅっと次の枝に移ったような幻覚があった。

解説　そして、その日から

平野啓一郎

『その日まで』は、瀬戸内寂聴さんの「最後の長篇エッセイ」とされているが、作中、登場人物の名前が変更されていたり（秘書の瀬尾まなほさんは、モナという『死に支度』と同じ変名となっている）、前半、さすがに誇張だろうと思われる個所があったりと（秘書二人が、誕生日祝い後、「私」の首と足首とを持って、ふざけて「ぶんぶん」振り回した挙げ句、畳に「叩きつけ」る件など）、恐らく最初は、身辺雑記的な「小説」として取り組み始めたのではないかと推察される。『死に支度』然《しか》り、後期の傑作『場所』然り、そうした作品を、瀬戸内さんはそれまでにも書いてきた。

しかし、連載が進むにつれ、次第に親しく交際した人々を、思い出すがままに追想する形に定まってゆき、最終回は、書簡と地の文との組み合わせが、やや語り手の転換を戸惑わせつつ、両親の記憶を辿《たど》って、書き果せなかったような、敢えて余韻を残したようなところで筆が擱《お》かれている。

本作の語り手である「私」を、著者本人として解しても、ひとまず差し支えはないだろう。

百歳を目前に控えた年齢からすれば当然だが、全篇に亘《わた》り、死が強く意識されている。しかし、体調的にはその接近を痛感しつつ、「ああ、もう飽《あ》きた！　死にたい！」、「なかなか死ねない」、「まだ死にそうもない」といった言葉通り、意識の上では実感を摑《つか》みかねている風でもある。或いはやはり、不安の故に、無意識に死から目を逸《そ》らそうとしていたのか。瀬戸内さんが百歳以上生きることについては、誰も疑問を抱いていなかったので、当人も恐らくそのつもりだっただろう。それは、「遺言」を書くようにと散々周囲に勧められながら、どうしても書ききることが出来ないという、作中、何度も繰り返される件からも看《み》て取れる。

本作のみならず、私が会話した限りでも、瀬戸内さんの死生観は、仏教者としての悟りからはほど遠かった。死後の世界についても、「天国」という言葉を、割と通俗的なイメージで自由に用いている一方で、里見弴《さとみとん》に「死ねばあの世はどうなんでしょう」と尋ね、「無だっ！」と言下に応じられた経験を、衝撃と共に綴《つづ》っている。また、地球ではない、どこかの「気球」に転生したいという願望も語られている。しかし、瀬戸内さんが最後まで現役作家として執筆を続けられたのは、達観することなく、斯様《かよう》に、自らの生死について動揺し続けていたからだろう。私たちは文学に、聖人のありがたい訓戒を求めているわけではないのである。

瀬戸内さんの死後に、執筆当時の、まだしばらくは生きられるだろうという予感に触れることには辛さがあるが、しかし、改めて読んで、私は、本作が既に十分すぎるほどの死の準備となっていることを感じた。

作中、次のような言葉が綴られている。

「結局、人は、人を愛するために、愛されるために、この世に送り出されたのだと最期に信じる。」

これは、いかにも瀬戸内さんらしい信念の表明だが、だからこそ、ここに綴《つづ》られた懐かしい人々の記憶には、日々、か細く成りゆく自らの生そのものを慈しむ思いが充ち満ちている。瀬戸内さんにとって、人との交わりを思い出すことは、自分の人生を振り返ることと同義であり、長大な小説の構想を抱くことは最早不可能だったとしても、やはりそれこそは、最後にどうしても書いておきたかったことなのだろう。作家にとって、そうした内的衝動以上に重要なものはあるまい。

綴られたエピソードの多くは、瀬戸内文学に長く親しんできた読者にとっては、お馴染《なじ》みのものだろうが、それでも、このタイミングで再度、それらが反復されたことに意味を感じる。

他方で、私自身、少々意外に感じたり、知らなかった事柄も少なからずあった。

例えば、瀬戸内さんが石牟礼道子《いしむれみちこ》さんの死を、これほどまでに大きく受け止めてい
たとは想像していなかった。瀬戸内さんとは、一度チラリと石牟礼さんの話をしたこ
とがあるが、その時には、ここに書かれているほどの深い関係には触れられなかっ
た。

また、里見弴と「R子」という「お手伝い」さんとの関係についても初耳だった
が、彼の言葉を、自己検閲することなくありのまま書き残しているのは、瀬戸内さん
ならではだろう。

三島《みしま》に関心のある私は、彼が自決前に、周到に友人知人との〝今生《こんじょう》の別れ〟の機会
を作っていたことを知っているが、実はその中に瀬戸内さんも含まれていて、死の三
日前に「大阪へ来ないか」と誘いの電話を受けていたことは初耳だった。

ボディビルに凝《こ》り出し、人が変わったように振る舞いもマッチョになった三島が、
「もっと、もっと、強くする！」と自分の胸を叩《たた》くのを、同席した竹西寛子《たけにしひろこ》と一緒に
「次第に言葉が少くなり、呆《あき》れた顔で、なじまない三島さんをぼうっと見つめるばか

りだった」と語っているのは、さり気ないが暗示的で、こういうニュアンスは、やはり口頭での会話では表現しきれないものだろう。その三島について、「川端《かわばた》先生も、とても心配していらっしゃるんですよ」と編集者が呟いたというのも、一個の歴史的な証言である。

津島佑子《つしまゆうこ》さんの名前が出てくることも、私には意外だった。というのも、瀬戸内さんと津島さんとの間に、ある時期を境に、不和が生じていたからである。私はそのことを、瀬戸内さん、津島さんの双方から耳にしており、だから、瀬戸内さんの前では津島さんの話を、津島さんの前では瀬戸内さんの話を、極力しないように心がけていた。何で揉《も》めたのかは、二人とも具体的に話さなかったが、女流文学者会を巡ることのようだった。

しかし、人に対する好悪《こうお》の感情というものは、端《はた》から見ているほど単純なものでもないのだろう。河野多恵子《こうのたえこ》さんほど、瀬戸内さんが懐かしく思い出話を語り、また悪口を言った人もいないが、腹を立てていたのも、深刻な憎しみとはまるで違ったものだった。作中に出てくる名前で更に付け加えるなら、石原慎太郎《いしはらしんたろう》についても、晩年はあまり良く言わなかったが、しかし若い頃に励まし合い、その後長らく続いた一種の戦友的な友情については、本書にある通り、掛け替えのないものだったようである。

津島さんの幼い子供たちに対する態度の描写からすると、瀬戸内さんが彼女に、何かどうしても理解できないものを感じていたことは察せられるが、それでも、二人がそれぞれにどれほど魅力的な人だったかを知っている私としては、少なくとも瀬戸内さんが、津島さんのことを最後まで気にし続けていたと知って、何となく、良かった、という感情を抱いたのだった。

そうして見ると、本書には、随所に様々な人間関係の後悔がちりばめられている。夫に対して、娘に対して、母に対して、父に対して。……人は、出来れば後悔のない人生を歩みたいと思うものだが、しかし、誰かに対する後悔とは、その存在を忘れずに覚え続けているということの証左であり、自分の方にこそ非を認める一種の慎《つつ》ましさであって、今や間に合わないとしても、あとから注《そそ》ぎ足したい愛情の存在を再確認することでもあるはずである。

当人の意識はどうであれ、読者にとっては、そうして老境に至って書かれた幾つかの後悔は、浄化の祈りのようにも見える。先に死んだ者たちからは、赦《ゆる》されるという見返りが永遠に期待できないからこそ、後悔は美しい感情なのかもしれない。

それにしても、本書の文体の足腰の強さは、驚嘆すべきものである。「健筆を揮《ふる》う」というのは、型にはまった儀礼的な表現だが、瀬戸内さんの場合、最後までまさに「健筆」そのもので、私は、一人の作家が死ぬまで書き続けるということの意味をつくづく考えさせられた。

自ら夢見続けた通り、「その日まで」、瀬戸内さんはひたすら書き続けた。私たちは、そして、その日から始まった時間を生きている。

私たち自身が、やがてこの世界から例外なくいなくなる人間ではあるが、その束《つか》の間の猶予《ゆうよ》の中で、先にいなくなってしまった人たちのことを懐かしく思う。そうした人間のあり方を、最後に見事に作品として遺して、瀬戸内さんの作家としての生涯は終わった。

＊敬称について、私自身が直接に面識のあった人には「さん」をつけ、なかった人には作家名としてそれをつけなかった。

●本書は二〇二二年一月に、小社より刊行されました。文庫化にあたり、一部を加筆・修正しました。

|著者|瀬戸内寂聴　1922年、徳島県生まれ。東京女子大学卒。'57年「女子大生・曲愛玲」で新潮社同人雑誌賞、'61年『田村俊子』で田村俊子賞、'63年『夏の終り』で女流文学賞を受賞。'73年に平泉・中尊寺で得度、法名・寂聴となる（旧名・晴美）。'92年『花に問え』で谷崎潤一郎賞、'96年『白道』で芸術選奨文部大臣賞、2001年『場所』で野間文芸賞、'11年『風景』で泉鏡花文学賞を受賞。'98年『源氏物語』現代語訳を完訳。'06年、文化勲章受章。近著に『生きることば あなたへ』『死に支度』『いのち』『寂聴 九十七歳の遺言』『はい、さようなら。』『97歳の悩み相談 17歳の特別教室』『悔いなく生きよう』『笑って生ききる』『寂聴 残された日々』『愛に始まり、愛に終わる 瀬戸内寂聴108の言葉』『瀬戸内寂聴全集』『99年、ありのままに生きて』『寂聴 源氏物語』など。2021年11月に逝去。

その日《ひ》まで
瀬戸内寂聴《せとうちじゃくちょう》

2024年1月16日第1刷発行

発行者――森田浩章
発行所――株式会社　講談社
東京都文京区音羽2-12-21　〒112-8001
電話　出版（03）5395-3510
　　　販売（03）5395-5817
　　　業務（03）5395-3615
Printed in Japan

講談社文庫
定価はカバーに
表示してあります

KODANSHA

デザイン―菊地信義
本文データ制作―講談社デジタル製作
印刷―――株式会社KPSプロダクツ
製本―――株式会社国宝社

ISBN978-4-06-534396-8

講談社文庫刊行の辞

二十一世紀の到来を目睫に望みながら、われわれはいま、人類史上かつて例を見ない巨大な転換期をむかえようとしている。

世界も、日本も、激動の予兆に対する期待とおののきを内に蔵して、未知の時代に歩み入ろうとしている。このときにあたり、創業の人野間清治の「ナショナル・エデュケイター」への志を現代に甦らせようと意図して、われわれはここに古今の文芸作品はいうまでもなく、ひろく人文・社会・自然の諸科学から東西の名著を網羅する、新しい綜合文庫の発刊を決意した。

激動の転換期はまた断絶の時代である。われわれは戦後二十五年間の出版文化のありかたへの深い反省をこめて、この断絶の時代にあえて人間的な持続を求めようとする。いたずらに浮薄な商業主義のあだ花を追い求めることなく、長期にわたって良書に生命をあたえようとつとめるところにしか、今後の出版文化の真の繁栄はあり得ないと信じるからである。

同時にわれわれはこの綜合文庫の刊行を通じて、人文・社会・自然の諸科学が、結局人間の学にほかならないことを立証しようと願っている。かつて知識とは、「汝自身を知る」ことにつきていた。現代社会の瑣末な情報の氾濫のなかから、力強い知識の源泉を掘り起し、技術文明のただなかに、生きた人間の姿を復活させること。それこそわれわれの切なる希求である。

われわれは権威に盲従せず、俗流に媚びることなく、渾然一体となって日本の「草の根」をかたちづくる若く新しい世代の人々に、心をこめてこの新しい綜合文庫をおくり届けたい。それは知識の泉であるとともに感受性のふるさとであり、もっとも有機的に組織され、社会に開かれた万人のための大学をめざしている。大方の支援と協力を衷心より切望してやまない。

一九七一年七月

野間省一